JN430117

연쇄 구직자

다소 시리즈 005

연쇄 구직자

초판 1쇄 인쇄	2025. 10. 22.
초판 1쇄 발행	2025. 11. 04.
초판 1쇄 완독	

지은이	정수정
읽은이	

펴낸이 김선식 · 부사장 김은영 · 책임편집 조용우 · 디자인 이현진 · 콘텐츠사업6팀 조용우 이한민 이현진 · 마케팅사업2팀 오서영 · 홍보2팀 정세림 고나연 · 브랜드사업본부 정명찬 · 브랜드홍보팀 오수미 서가을 박장미 박주현 · 영상홍보팀 이수인 염아라 이지연 노경은 · 저작권팀 성민경 이슬 윤제희 · 편집관리팀 조세현 김호주 백설희 · 재무관리팀 하미선 임혜정 이슬기 김주영 오지수 · 인사관리팀 강미숙 김혜진 이정환 황종원 · 제작관리팀 이소현 김소영 김진경 유미애 이지우 황인우 · 물류관리팀 김형기 김선진 주정훈 양문현 채원석 박재연 이준희 문명식 · 외주스태프(마케팅) 전효선

펴낸곳 다산북스 · 출판등록 2005년 12월 23일 제313-2005-00277호 · 주소 경기도 파주시 회동길 490 · 전화 02-704-1724 · 팩스 02-703-2219 · 이메일 dasanbooks@dasanbooks.com · 홈페이지 www.dasan.group · 블로그 blog.naver.com/dasan_books
용지 스마일몬스터 · 인쇄 민언프린텍 · 코팅 및 후가공 평창피앤지 · 제본 국일문화사

ISBN 979-11-306-7260-1 (03810)

· 파본은 구입하신 서점에서 교환해 드립니다.
· 이 책은 저작권법에 의하여 보호를 받는 저작물이므로 무단 전재와 복제를 금합니다.
· 이 책은 2024년 대산문화재단의 대산창작기금을 받아 출간되었습니다.

연쇄 구직자

정수정 소설

그리고 소설가 정수정의 화요일

다산
책방

최지수(32세 8개월, 국민연금 가입 대상 제외자)

학교 앞 즉석 떡볶이집인데 학생들 대신 성인들이 줄을 섰다. 평일이니까 학생들은 급식을 먹고 있겠지. 아직 오전 11시 52분인데 줄을 서서 먹는다는 건, '존버'한 미옥 언니의 성공이다.

　　미옥 언니는 이 자리에서 꽤 오래 버텼다. 이 골목은 내가 고등학교에 다니던 무렵 떡볶이 골목으로 유명했다. 나를 포함해 우리 학교 애들 대부분이 일주일에 두 번 이상 학교 끝나고 떡볶이를 먹었다. 몇 년이 지나자 나의 후배들은 밥버거나 피자, 케이크, 샌드위치 같은 걸 먹었다. 장사를 접는 떡볶이집이 늘었다.

미옥 언니는 할 줄 아는 것도 없고 다른 걸 새로 할 돈도 없다고 했다. 그렇게 이 골목 첫 떡볶이집과 미옥 언니 가게만 남았다. 언니는 나처럼 졸업하고도 찾아오던 손님들 덕에 버텼다. 그러다 이 길이 '핫플'로 주목받고 이 동네 식당들을 소개하는 콘텐츠에 언니 가게가 몇 번 노출됐다.

미옥 언니와 같이 기뻐하는 게 맞지만, 솔직히 온 맘을 다해서 좋아해 주지 못하겠다. 더 이상 느긋하게 자리를 차지하고 앉아 눌어붙은 볶음밥을 긁으며 천천히 얘기할 수 없게 됐으니까. 언니가 서비스로 주는 사이다 같은 걸 마시기에는 기다리는 사람들에게 미안했으니까.

가게 앞에 기다리는 사람을 세어본다. 두 명씩 두 팀, 네 명이 온 한 팀이 있다. 아직 서나가 오지 않아서 나는 줄 맨 뒤에 가서 선다. 내 뒤로 두 팀이 더 줄을 섰을 때 가게 문이 열리고 미옥 언니가 나와 외쳤다.

"두 분, 먼저 들어가실게요."

그리고 언니는 나와 눈이 마주쳤다.

"언제 왔어?"

그리고 언니는 고갯짓으로 들어오라는 신호를 보냈다. 나와 서나 자리를 비워놨나 보다. 서나가 미옥 언니에게 오늘 점심에 갈 거라고 메시지를 보냈겠지. 줄 서 있던 사람들은 힐끔, 나를 쳐다본다. 손님들에게 미안해 슬쩍 내게만 신호를 보내려 했던 것 같지만 언니의 그 고갯짓을 모두 보고 있었다. 혹시 누가 온라인에 '주인이 자기 친한 사람 먼저 들여보내더라' 같은 글을 올리면 어쩌지? 나는 언니에게 눈짓을 보내며 고개를 젓는다. 언니는 큰 목소리로 말했다.

"뒷마당에 양파 세 망이나 있어. 얼른 까."

쟤는 새치기하는 게 아니라 양파를 까러 온 애랍니다. 하지만 양파 까러 온 애가 줄을 서 있는 건 이상하다. 언니의 어색한 핑계와 그보다 더 어색한 화난 연기에 웃음이 나오려는 걸 참았다. 그렇게 말하는 언니의 정수리는 염색을 못 해 전보다 더 하얀 것 같다. 미옥 언니는 우리 엄마보다 두 살 적다. 보통 식당 주인을 부를 때는 '사장님,' 조금 더 친근하게는 '이모'나 '삼촌', 아주 친한 경우에는 '어머니'라고 부르던데. 언니는 본인 이름을 넣어 꼭 미옥 언니라고 불러 주길 원했다. 아니 근데 얼마나 장사가 잘되면 양파를 세 망이나 새로 까야 하는 거야?

"네, 늦어서 죄송해요."

언니만큼이나 어색하게 큰 소리로 답하고는 일부러 사람들이 다 보도록 발소리를 내며 건물을 크게 돌아 가게 뒤로 갔다. 그리고 가게 주방과 연결되는 뒷마당에 들어갔다. 건물과 연결된 차양이 펼쳐진 아래에는 언제나처럼 등받이 없는 플라스틱 의자가 놓여 있었다. 언니가 채소를 다듬을 때 앉는 자리다. 건물 벽에는 내 몸통만 한 크기에 절반 정도 찬 빨간 양파망 한 자루가 있었다. 그리고 엄청 큰 대야에는 껍질을 깐 양파가 수북이 담겨 있었다. 역시, 세 망이나 까라던 양파는 없다. 거짓말이었어. 나머지 양파라도 마저 까야지. 나는 대야에 있던 칼을 집어 양파 껍질을 까기 시작했다. 눈이 매워 천천히 할 수밖에 없었다. 언니도 참, 사람 좀 쓰지. 이런 걸 어떻게 혼자 저만큼 깠담.

양파를 다 깠다. 일어나서 허리를 한 번 쭉 펴본다. 허리가 찌르르하게 아프다. 언니는 어떻게 혼자 이 많은 양파를 까고 파와 양배추를 다듬고 떡볶이 양념을 만들고 장사를 하지? 그런 생각을 하다 휴대전화를 다시 열어본다. 뒷마당에 오면서 도착했다고 보냈던 내 메시지를 서나는 아직 읽지 않았다. 아직 출발도 못 했나 보다. 휴대전화로 게임이나 할까 하다가 집에서 나오는 길에 우편함에서 집어 온 우편물이 생각났다.

가져온 우편물을 가방에서 꺼낸다. 국민연금

공단에서 온 거였다. 국민연금 납부 예외 기간이 끝나간다는 안내였다. 안내문에는 내가 회사를 그만두기까지 86개월분을 납부했다고 적혀 있다. 만으로 7년이 조금 넘는 그 기간 동안 나는 한 회사를 다녔다. 그리고 3년 전 퇴직하면서 국민연금공단에 전화해 납부 예외 신청을 했다. 그때만 해도 3년이었던 납부 예외 기간 안에 당연히 다시 취직할 줄 알았다. 상담사에게 3년 안에 소득이 생기면 내가 따로 전화를 해야 하냐고 물었으니까. 이렇게 3년을 꽉 채우고도 직장을 못 구할 줄 몰랐다.

안내문에 적힌 국민연금공단 전화번호로 전화를 건다. 신호음이 울리고 안내에 따라 해당 번호를 눌렀다. 상담사와 연결되기까지 16번째 순서라는 안내가 나온다. 어차피 할 일도 없는데. 그렇게 멍하니 기다리자니 순서가 빠르게 줄었다. 15번째, 14번째, 11번째, 10번째, 9번째, 7번째, 4번째, 3번째, 1번째, 그리고 연결됐다. 상냥한 상담사에게 부끄러운 걸 고백하듯 말했다.

"아직도 소득이 없어서 국민연금 납부하기가 곤란해서요."

내 목소리가 점점 작아졌다. 부끄러울 건 없는데, 나는 3년 동안 열심히 노력했는데. 그럼에도 아직 소득이 없을 뿐인데. 근데, 진짜로 열심히 노력한 건 맞아? 누가 이렇게 물어보는 것도 아닌데 나 혼자 주눅이 든다.

상담사는 내게 결혼을 했냐고 물었다. 나는 그렇다고 했다. 배우자가 공적 연금에 가입한 상태라면 나는 지역가입 대상에서 제외된다고 했다. 그러니까, 종윤이 국민연금을 내고 있으니 나는 내지 않아도 된다는 말이었다.

"그럼 앞으로 다시 신청을 안 해도 되는 건가요?"

3년 전, 납부 예외 중에도 소득이 생기면 다시 연락을 해야 하냐고 묻던 때에는 상상하지 못한 질문이다. 임의가입 같은 다른 여러 사항을 아주 친절하고 자세하게 설명해 준 상담사는 마지막으로

3년 전 그때처럼 소득이 발생하면 다시 국민연금을 내게 될 거란 안내를 했다.

전화를 끊고 나니 아주 조용했다. 뒷문이 열리며 미옥 언니가 고개를 내민다.

"들어와. 점심 손님 좀 빠졌어."

언니는 내 전화가 끝나길 기다리고 있었나? 통화 내용을 다 들었으려나? 언니가 내 앞의 빈 양파망을 보고 말한다.

"아니, 양파 남은 거 다 깠어? 손에 냄새 배게."

언니는 호스가 연결된 수도꼭지를 틀어준다. 나는 수도 옆에 있던 주방세제를 손에 짜 문질렀다. 손을 물에 헹구고 냄새를 맡는다. 아직 옅게 양파 냄새가 난다. 나는 휴대전화를 코에 대본다. 냄새가 난다. 가방에서 알코올스왑을 꺼내 휴대전화를 닦으며 7분 전 서나에게서 온 메시지를 확인한다. 사무실에서 출발한다는 내용이었다. 이제 곧 도착하겠네.

서나는 발간 얼굴로 가게에 들어왔다. 숨을 가쁘게 쉬었다. 마침 미옥 언니가 떡볶이가 담긴 냄비를 가져오던 참이었다.

"미안. 민원인이랑 확인할 게 많았어."

서나는 여기서 도보로 12분 거리에 있는 서울시 석윤구청 환경위생과에서 일한다.

"너, 꼭 점심시간 한 시간 채우고 가라."

"알았어."

그래봤자 40분 정도 지나면 안절부절못하다가 들어간다고 하겠지. 그래도 서나는 지금 같이 일하는 동료들이 좋은 사람들이라고 했다. 어떤 게 '좋은' 건지 모르겠지만.

나는 벽에 걸린 목 부분 끈만 있는 빨간 앞치마를 집어 서나에게 건넨다. 서나는 그걸 받아서 목 부분을 짧게 줄여 묶는다. 떡볶이 국물이 튀면 너무 화날 것 같은 살구색 블라우스를 입은 서나는 늘 화사한 차림을 한다. 오늘도 그렇다. 드라이한 긴 웨이브 머리, 옆 부분에 주름 잡힌 체크 스커트,

꽃 장식이 달린 플랫 슈즈. 운동화와 청바지, 장식이나 그림이 없는 회색 면 티셔츠를 입은 나와 대비된다.

옷 입는 취향이 사실은 꽤 많은 걸 담고 있음을 나는 서나와의 관계에서 알게 됐다. 나는 뭔가를 할 때 옷이 걸리적거리는 걸 참을 수 없다. 그래서 가급적 장식이 없고 시각적으로 거슬리지 않으며 몸을 조이거나 너풀거리지 않는 옷이 좋다. 옷을 사러 가면 서나는 같은 값이면 뭐라도 더 달린 게 좋다며 내게 권했다. 서나가 생각하기에 장식이나 다른 여러 가지가 더 붙은 걸 사는 게 이익이었다. 어쨌든 뭔가가 '더' 있으니까. 이렇게 우리는 다르다.

서나와 처음 친해진 건 온라인에서였다. 비주류 종목 운동선수 팬카페에 가입했는데, 1년에 대회가 두세 번 정도니까 나머지 시기에는 카페 회원들끼리 친목 도모가 주를 이뤘다. 각자의 일상을 올리는 게시판에 내가 그날 먹은 떡볶이집 사진을 올렸다. 당시 신제품이던 휴대전화의 카메라 기능을 은근히 자랑하고 싶은 마음에서였다. 거기에 미옥 언니 가게 맞냐는 댓글이 달렸다. 자신도 이곳 단골이라면서. 같은 동네 사람, 그것도 같은 떡볶이집을 좋아하는 같은 동네 사람을 온라인에서 만나다니. 이 동네 애들은 입맛에 따라 주로 가는 단골 떡볶이집이 따로 있었다. 나는 그 댓글을 단 사람, 서나에게 쪽지를 보냈다. 몇 번 쪽지를 주고받다가 우리가 같은 학교 같은 반에 바로 앞뒤 대각선으로 앉는다는 걸 알게 됐다. 우리는 이미 자리를 기준으로 다섯 명이 조금 친해져 함께 급식을 먹는 사이였다. 그중에 서나가 있었고, 우리 둘은 다른 친구들이 모르는 여러 가지를 공유하게 되었다. 티를 내지 않아도 다섯 중 우리 둘이 더 친해 보인다고, 자매 같다고 사람들은 말했다. 비슷한 키와 체형, 비슷한 말투, 같은 동네에 살고, 음악과 음식 취향이 같고 성적도 비슷했다. 그런데 고등학교를 졸업하고 교복을 벗자 아무도 우리에게 자매 같다는 말을 하지 않았다.

우리가 옷 입는 취향 말고도 꽤 많은 게 다르다는 건 고등학교 졸업 후 한참 지나서 알게 됐다. 그리고 아무렇지 않은 척 견뎠을 서나의 순간들이 불쑥 떠올라 마음이 이상했다. 왜 서나는 나와 묶여 비슷한 아이 취급을 받았을까? 내가 서나라면 아무렇지 않게, 그렇게 씩씩하게 지내지 못했을 텐데. 그리고 그 오랜 세월, 솔직하지 않게 지내온 서나에 대해 배신감 같은 것도 아주 조금은 들었다.

서나는 라면 사리가 다 익기도 전에 건져 먹는다. 아주 배가 고프거나 얼른 다시 사무실로 들어가 봐야 하거나, 둘 다일 거다. 우린 말없이 후루룩 소리만 내며 면을 삼킨다. 너무 급하게 먹었는지 목이 막힌다. 국물을 한 국자 떠서 앞접시에 덜고는 숟가락으로 떠먹는다. 매콤하고 달콤하고 걸쭉한 국물이 들어가면서 목이 풀린다. 속이 사르르 녹는 것 같다. 아, 그런데 좀 부족한데. 좀 더 몸이

데워졌으면 좋겠어. 이런 생각을 하는데 서나가 말했다.

"소주?"

서나는 나와 다르지만 나를 잘 안다. 아직 낮이고 서나는 다시 일을 해야 하니 소주를 마실 수 없겠지. 내가 고개를 저으며 말한다.

"혼자 무슨."

내가 직장을 다닐 때 우리는 밤에 이곳에서 자주 떡볶이에 소주를 마셨다. 내가 직장을 그만두고도 한동안 그랬다. 2년 전부터 우리는 웬만하면 저녁에 만나지 않는다. 그러면서 소주도 마시지 않게 됐다. 2년 전부터 서나는 저녁마다 솔티비아에 사는 남자친구와 영상통화를 한다. 시차 때문에 둘 다 깨어 있는 시간이 여기 시간으로 저녁때다. 한번은 저녁에 이곳에서 만났다가 영상통화로 어색하게 그와 인사를 한 적이 있는데, 지금 생각해도 발가락이 접힐 정도로 어색했다. 그래서 우리는 점심에 만난다.

서나의 남자친구는 한국계 솔티비아인이었고 그곳 공무원이었다. 나는 딱 한 번, 그가 여름휴가를 한국에서 보내기 위해 왔을 때 봤다. 다행히 영상통화 때보단 덜 어색했다. 조금 덜렁대고 과시욕이 있어 보였지만 대체로 선해 보였다. 나는 인연은 따로 있었네, 같은 말을 서나에게 했다.

내가 퇴사할 때 부럽다고 했던, 퇴사하지 못할 것 같던 서나는 이제 퇴사는 물론 사는 곳을 아예 떠나 그를 따라 솔티비아로 이주할 생각도 있다. 서나는 그곳에 그의 일가친척이 모두 산다고 했다. 너의 일가친척과 친구와 직장은 모두 한국에 있잖아. 내 말에 서나는 그냥 웃으며 고개를 끄덕였다. 나는 그런 서나를 보며 그가 꼭 좋은 사람이길 바랐다. 그리고 서나가 한국을, 가족, 직장과 우리를 벗어나고 싶어 그런 생각을 하는 게 아니길 바랐다.

"얘기도 좀 하면서 천천히 먹어."

미옥 언니가 서비스로 튀긴 만두 두 개가 담긴 접시를 테이블에 내려놓으며 말했다. 아마 서나는 회사로 들어가 봐야 한다고 할 거다. 얘기를 했다가는 밥을 못 볶아 먹고 헤어질 수도 있다. 그건 절대 안 된다.

우리는 밥 두 공기를 야무지게 볶아 먹고 일어선다. 내가 미옥 언니에게 카드를 내민다. 서나와 나는 만날 때 절반씩 내거나 서로 내겠다고 하지 않는다. 그냥 교대로 계산한다. 거의 항상 미옥 언니 즉석 떡볶이를 먹으니 누가 돈을 더 내서 미안하다든가 그런 것도 없다. 서나는 휴대전화를 계속 쳐다본다. 언니는 내 카드를 밀어내며 말한다.

"됐어. 아까 양파 깐 걸로 퉁쳐."

그거 몇 개 깠다고. 만두 두 개도 공짜로 줬으면서.

"지수야, 언니, 나 들어가 볼게."

서나는 우리 대답을 듣기 전에 이미 가게 밖으

로 나간다.

"쟤는 무슨 일을 혼자 다 하나. 너네 온 지 20분밖에 안 됐는데. 지수는 천천히 놀다 갈래?"

"언니 바쁘잖아요. 아, 뭐 또 도와줄 거 없어요?"

"나 브레이크 타임이라는 거 만들었어. 이제 좀 있으면 브레이크 타임이야."

언니는 쉬라고 했지만 나는 주방에 쌓인 설거지를 했다. 마지막 테이블 손님이 나가고, 미옥 언니는 밖에 '브레이크 타임: 저녁에 만나요'라는 표지를 걸었다.

"에구구. 이제 너랑 놀면서 좀 쉬어야지."

그러더니 언니는 갑자기 내게 '직구'라는 걸 해봤냐고 물었다.

"해외 직구요? 안 그래도 지난주에 노트북 하나 질렀는데."

"그렇게 주문하면 물건이 잘 오나?"

"뭐 사시려고요?"

미옥 언니는 자신의 휴대전화 화면을 내게 보여줬다. 주방 기구나 냉장고, 가게를 꾸밀 것들을 보여줄 줄 알았는데 아니었다. 화면에는 예쁜 드레스가 있었다. 나는 화면을 손가락으로 내리며 살펴봤다. 언니가 물었다.

"어떤 거 같아? 그거 10 사이즈 살 건데."

다행히 상세 사이즈가 적혀 있었다. 언니가 입기에 10은 너무 클 것 같았다. 그런데 언니가 코르사주가 크게 달린 크림색 드레스를 입을 일이 있으려나? 선물하려는 걸지도 모르지. 동생이나 조카에게. 그런데 언니가 동생이나 조카가 있던가? 그러고 보니 나는 언니의 가족관계 같은 걸 전혀 모르네.

"사이즈 교환 힘드니까 여기 어깨너비, 상체 길이, 허리둘레랑 총 길이 같은 거 잘 확인하세요."

언니는 그 크림색 드레스 10 사이즈를 사겠다는 생각이 확고했다. 나는 언니가 드레스 결제하는 걸 도왔다. 언니는 고맙다며 집에 가서 먹으라

고 팥빙수 2인분을 싸줬다. 얼린 생수병도 하나 넣
어서.

최지수(29세 8개월, 퇴사자)

퇴사가 이렇게까지 축하할 일이던가? 평소 꼭 필요한 일 아니면 전화하지 않던 아버지는 내게 전화로 축하한다고 했다. 옆에서 "잘했다"는 어머니 소리도 들렸다. 이런 축하는 한 직장에 35년을 다니다 퇴직한 아버지 정도는 돼야 받을 수 있다고 생각했다. 나는 고작 만 7년 좀 넘게 다녔는데.

"이렇게 좋아하실 줄 알았으면 좀 더 일찍 그만둘걸 그랬나 봐요."

"신소리는. 집에 한번 내려와야지. 저녁은 먹었어?"

그곳은 내 집이 아니다. 부모님께서 귀농하면서 살게 된 집이고, 나는 그 집에서 한 번도 산 적이 없다. 그리고 그 동네는 심심하고 낯설다.

"좀 이따가 서나랑 먹기로 했어요. 다음 주쯤 갈게요."

퇴사일은 금요일이었다. 남자친구 종윤은 다른 지역에 파견 가 있었고 만날 사람이라곤 서나밖에 없었다. 서나는 밤 10시는 넘어야 만날 수 있을 것 같다고 했다. 밤 10시 10분쯤, 서나는 즉석 떡볶이집에 오기에는 조금 과해 보이는 차림으로 키가 한 뼘은 더 커져서 또각또각 소리를 내며 들어왔다. 그리고 내 옆에 털썩, 소리를 내며 앉았다. 또 소개팅을 하고 오는 길이었다. 서나에게는 계속 소개팅이 들어왔고, 서나는 꾸역꾸역 나가고 있었다. 김말이에 소주를 먹고 있던 나는 말없이 서나 앞의

잔을 채웠다.

"이제 진짜 소개팅 안 해."

그 전 주말에도 서나는 같은 말을 했다. 그러고 소개팅을 나갔다. 또 그다음 날인 토요일에도 소개팅이 잡혀 있었다. 하루에 소개팅을 두 번 하는 날도 있었다. 서나는 소주를 한 번에 털어 넣고 김말이를 입에 욱여넣었다.

"미옥 언니, 라면 사리 두 개 넣어서 주세요."

미옥 언니는 라면 사리 두 개를 얹은 떡볶이 냄비를 가져왔다. 가스레인지 불을 붙이며 언니가 물었다.

"저녁 안 먹었어?"

"진짜 눈곱만큼 먹었어요. 하, 진짜. 먹으러 나왔나? 청소기처럼 흡입하는 거야. 먹는 게 아니라 진짜 '흡입'하더라니까."

서나는 그 전에 갑자기 지갑을 잃어버렸다는 소개팅 상대에게 밥값을 얼마나 자발적으로 잘 내는지 테스트당하고 온 적이 있었다. 데려다준다며 굳이 서나가 사는 집을 알아내 그 집의 시세를 찾아봤다던 사람도 있었다. 딱 한 번 만났을 뿐인데 직장인 석윤구청까지 매일 찾아오던 이도 있었다. 나중에 공무원 연금은 한 달에 얼마나 나오냐고 묻던 이도, 육아 휴직은 최대 몇 년까지 쓸 수 있냐고 묻던 이도 있었다. 그런 남자들의 행동에 비하면 많이 먹는 것 정도는 괜찮지 않나?

"그래도 한 번 더 만나봐."

"한 번 더 만나면 또 한 끼 굶어야 돼. 좀 잘 먹는 정도가 아니야."

얼마나 많이 먹는 건지 상상이 잘 되지 않았지만, 어쨌든 서나는 그 사람이 마음에 들지 않나 보다. 그러면서도 지치지 않고 소개팅에 나가는 서나가 대단했다.

"넌 몰라. 종윤이랑 학교 다닐 때부터 만났잖아."

소주 한 병 정도를 마신 서나가 약간 둔해진 발음으로 말했다.

서나도 내 퇴사를 축하했다. 아주 잘한 일이라고 했다. 부럽다고도 했다. 부럽다, 부럽다, 계속 그 소리를 듣고 있자니 술기운이 올라오면서 후끈, 짜증이 났다.

"부러우면 너도 퇴사해. 왜? 아까워서 못 그만두겠어?"

서나는 탁자를 손톱으로 탁탁 치면서 깔깔 웃었다. 뭐가 웃긴 건지 모르겠다 싶은데 서나가 양손을 모아 자신의 가슴팍에 대고 말했다.

"나 연금!"

이렇게 술 취한 애한테 더 화를 내서 뭐 하나 싶었다.

"그래, 공무원은 연금이 있지."

"아니, 나 말이야. 나 연금이라고."

서나와 눈이 마주쳤다. 무슨 말인지 갑자기 이해됐다. 그전부터 서나는 조금씩, 자신이 창피하지 않은 선에서 내게 힌트를 던지고 있었다.

공무원이 된 지 얼마 안 됐을 때, 서나는 차 할

부금은 보통 몇 개월을 하냐, 자기 소득이랑 할부하는 게 상관이 있냐고 물었다. 나는 벌써 차를 사냐고 했다. 서나는 자기가 몰 게 아니라 집에 차가 필요한데 폐차를 하게 됐다고 했다. 나는 그걸 왜 네가 혼자 알아보고 혼자 부담하냐고 물었던 것 같다. 옆집을 새로 지으면서 서나네 집에 금이 갔는데, 협의가 안 돼서 소송으로 가야 할 것 같다며 아는 변호사가 있냐고 물었던 적도 있었다. 그리고 소송 비용 같은 걸 고민했다. 나는 부모님 명의의 집일 텐데 왜 사회 초년생인 서나가 나서서 문제를 해결하려는지 이해가 안 됐다. 서나가 5년 차일 때 모아둔 돈이 200만 원이라는 말을 듣고 돈을 대체 어디에 쓰는 거냐, 라고 장난스레 말했다. 비가 오면 자기 방에 물이 샌다는 소리를 서나가 매년 할 때면 나는 서나 부모님이 옥상 방수공사를 왜 안 하는 건지 궁금했다. 갑자기 서나에게 미안해졌다. 서나가 왜 남자친구를 만들어 의지하고 싶은지, 왜 지치지 않고 소개팅을 나가는지도 알 것 같았다.

그러다 서나의 부모님을 떠올렸다. 내가 알던 두 분은 선량하고 인정이 많은 부부였다. 서나 어머니는 누구에게든 뭔가를 덥석 나눠주는 사람이었다. 서나 아버지는 말없이 내게 용돈 만 원, 이만 원을 쥐여줬다. 좋은 사람들, 그렇지만 하나뿐인 자식을 힘들게 하는 사람들이었구나.

　　서나가 미옥 언니에게 소주 한 병 더 달라고 했다. 이미 주량을 훌쩍 넘어 소주 한 병 반을 마신 상태였다. 밤 12시가 다 됐고, 가게에는 우리 말고 아무도 없었다. 미옥 언니는 오징어튀김과 고구마튀김이 담긴 접시와 사이다 캔을 가지고 왔다. 그리고 사이다 캔을 서나 앞에 놨다.

　　"이거나 마셔."

　　미옥 언니는 내 옆에 앉았다. 서나는 군소리하지 않고 사이다 캔을 따서 홀짝거리며 마셨다.

　　"그래, 앞으로는 뭐 해? 신부 수업이라도 하는 거야?"

신부 수업이라는 말이 정말 아득한 옛날 말처럼 들렸다. 새삼 언니가 우리 엄마 또래라는 걸 느꼈다.

"아뇨. 시험 치러 다닐 거 같아요. 방송국."

대학 4학년 때 나는 방송국 시사교양 PD 시험을 봤다. 장수생이 될까 두려워 지레 포기해 버리고 취직했지만. 시사교양 PD가 되려던 이유는 희미해졌다. 대학 전공을 생명과학으로 정했던 이유처럼. 열심히 해보지 않았던 일을 용기 내 다시 한 번 해보고 싶었다.

"안 그래도 방송국 신입사원 뽑는다고 테레비에 광고하더라. 나이 제한도 없다고. 너 올해 몇이지?"

"만으로 아직 서른 안 됐어요."

"애기네, 애기. 턱 붙으라고 아침마다 기도해 줘야겠네."

언니가 기도하는 대상은 하느님일까, 부처님일까, 아니면 다른 신일까? 서나가 입을 벙긋거렸

다. 소리는 나지 않았지만 뭐라고 하는지 분명히
알 수 있었다. 좋.겠.다. 그리그 서나는 다시 사이다
를 마셨다.

최지수(30세 6개월, 무직)

결혼이 두 달 정도 남았다. 예전에 회사를 같이 다녔던 미진 선배에게 청첩장이 나왔다고 메시지를 보냈다. 선배도 나도 더 이상 그 회사에 다니지 않지만 결혼식에 부를 만큼은 친했다.

　— 선배 회사 앞으로 갈까요? 언제 편하세요?

　— 그러지 말고, 서원 씨 스튜디오 알지? 저녁에 거기서 보자.

　직접 가본 적은 없지만 온라인에 올라온 사진

을 봤을 때 그 스튜디오는 원 선배가 일하는 책상 정도를 제외하면 나머지 공간을 고급스러운 살롱처럼 꾸민 카페였다. 소셜미디어에는 직접 그곳을 다녀온 사진은 물론 그걸 캡처한 이슈나 유머 계정 글이 꽤 돌아다녔다. 세상에는 감각적이고 창조적으로 보이고 싶은 사람이 많았다. 원 선배는 그런 욕망을 영리하게 낚아챘다. 원 선배는 본업인 디자인 일보다 카페에서 얻는 수입이 더 많을지도 모른다.

원서원 선배는 우리가 다니던 회사 디자인팀에서 일하다 나보다 2년쯤 먼저 퇴사했다. 그리고 자기 이름을 걸고 디자인 스튜디오를 만들었다. 미진 선배는 원 선배와 친한 것 같았지만 나는 오가며 인사만 했던 사이다. 내가 맡았던 홍보 일들은 내부에서 디자인하는 경우가 드물어서 원 선배와 함께 일한 적이 별로 없었다. 아니, 생각해 보니 대화 자체를 해본 적이 별로 없다. 아마 그곳에 가면 원 선배도 있을 텐데, 청첩장을 줘야 하나? 미진 선배만 주면서 안 주기도 그렇고. 내가 머뭇거리느라 답을 하지 않자 미진 선배가 다시 메시지를 보냈다.

— 부담 갖지 말고 와. 말만 스튜디오지 사실 카페잖아.

혹시 몰라 청첩장을 한 장 더 챙겼다.

소셜미디어에서 봐왔던 모습이 실제로 눈앞에 있었다. CF 같은 데서 나올 것 같은 투명한 냉장고에는 여러 종류의 음료가 줄지어 있었다. 원 선배는 냉장고를 열어 보이며 마시고 싶은 걸 집으라고 했다. 나는 노란색 작은 병을 하나 집었다. 레몬이나 뭐 그런 게 들어간 탄산음료인 줄 알았는데 탄산수였다. 장식 없는 자주색 소파에 앉았다. 나는 탄산수 병을 군더더기 없이 깔끔한 테이블에 올려놨다. 아니, 근데 이 소파와 테이블은⋯.

"선배, 이거⋯?"

"아, 응. 너도 알아보는구나."

이걸 여기서 보는구나. 이건 결혼 준비하면서 열심히 검색했던, 하지만 신혼집이 좁아서, 그리고 집을 구하느라 대출을 많이 받아서 포기할 수밖에 없었던, 사진으로만 보던 소파와 테이블이었다. 나는 결국 미련을 완전히 버리지 못해 최대한 비슷해 보이는, 그리고 좀 더 작고 뒤에 0이 두 개 정도 빠진 가격의 제품을 인터넷으로 주문했다. 실제 배송 온 제품은 좀 허술했고, 마감도 시원치 않았다. 그럴 줄 알았지만, 너무 실망스러웠고 궁색한 기분이 들었다.

소파를 한번 손으로 쓸어봤다. 부드럽다. 앉은 엉덩이에 힘을 줘서 더 꾹, 눌러본다. 이 탄성, 부드러우면서 탄탄한 이 느낌. 역시, 우리 집에 있는 것과는 차원이 달랐다. 너무 좋다. 위를 올려다보니 조명도 내가 온라인에서 사진을 캡처하던 것들이다. 물론 나는 이런 조명들도 사지 못했다. 전에 살던 사람들이 쓰던 형광등을 정직하게 네모난 LED등으로 바꿔 달았을 뿐이다. 저런 등을 달려면 천장에 전기공사를 새로 해야 했는데, 그러려면 또 비용이 드니까.

그녀가 입은 옷이 눈에 들어왔다. 관심 없는 사람이 보면 별게 없는 무난한 차림이다. 하지만 자세히 보면 아니다. 보통의 티셔츠보다 약간 덜 파인 보트넥은 그녀의 목에서 어깨로 떨어지는 선과 매우 잘 어울렸다. 유행은 상관없다는 듯 손목뼈에서 딱 떨어지는 소매, 자신이 가장 멋져 보이는 치마의 너비와 길이를 알고 입을 줄 아는 게 내 눈에는 보였다.

탄산수를 다 마실 때쯤 미진 선배가 왔다. 선배는 나를 꼭 안고 등을 두드렸다.

"아이구, 애기가 벌써 결혼을 하네."

선배는 종종 나를 애기라고 했다. 서른이 넘어서도 선배에게 애기라는 말을 들으니 조금 이상했지만 좋았다. 원 선배는 냉장고에서 짙은 붉은색 액체가 가득 찬 유리병을 꺼냈다. 그리고 잿빛 빗

금이 그어진, 역시나 내가 결혼할 때 사고 싶었지만 가격 때문에 참았던 바로 그 찻잔에 병에 든 붉은 액체를 조금씩 따르고 따뜻한 물을 부어 저은 뒤 나와 미진 선배에게 각각 건넸다. 따뜻한 김에서 상큼한 냄새가 났다. 손으로도 온기가 전해졌다.

별것 아닌 이야기들과 옛날이야기를 하며 낄낄대다가 조금 지쳤다. 셋 다 차분하고 멍한 상태가 됐을 때 원 선배가 물었다.

"다시 홍보 쪽 일 할 거야?"

식어버린 오미자차에 알코올이 있을 리 없는데 얼굴이 붉어지는 것 같았다. 다시 도전했던 방송국 시험도 떨어졌으니 아마도 하던 일을 하게 되겠지. 일이 싫었던 건 아니니까. 그리고 딱히 할 줄 아는 것도, 더 이상 하고 싶은 것도 없으니까.

"아마도 그렇겠죠."

"꼭 같은 곳으로 돌아갈 필요는 없어."

"맞아. 서원 씨도 회사 잘리고 다시 재취업 안

했으니까."

회사는 인건비를 절감하려고 디자인 업무를 전부 외주로 돌리려 했다. 담당자는 원 선배에게 원하면 홍보 업무를 하면서 회사를 계속 다니게 해주겠다고 말했다. 그녀는 그냥 자신을 정리해 달라고 했다. 담당자는 원 선배에게 권고사직 처리해 줄 테니 실업급여라도 꼭 받으라고 했다. 그렇게 실업급여를 받으며 궁리하다가 만든 게 이 스튜디오였다. 나는 처음 듣는 원 선배의 퇴사 이야기였다.

"아 참. 너 요즘 영우랑 연락하니?"

미진 선배가 내게 물었다. 퇴사하고 한 번 잠시 만나서 커피를 마신 이후로 나도 따로 연락한 적은 없었다.

"영우, 아이가 있나 보더라. 싱글맘."

마시던 오미자차가 꿀꺽 넘어갔다. 차는 다 식었는데 가슴이 싸하게 뜨거워졌다.

"너 알고 있었어? 난 짐작은 하고 있었지만."

미진 선배는 어떻게 짐작을 했을까? 나는 영우가 입사하고 얼마 안 돼 외근한 동네에서 같이 바로 퇴근하던 날 알게 됐다. 나는 외근한 회사 건물 1층 로비에 서 있었다. 영우는 같이 퇴근하던 길에 속눈썹이 찌르는 것 같다며 거울을 보러 화장실을 다녀오겠다고 했다. 그녀의 네모난 큰 갈색 가방은 내가 들고 있겠다고 했다. 그리고 영우를 기다리는데 가방에 뭔가 퍽 하고 부딪혔다. 세 살쯤 돼 보이는 아이였다. 나와 눈이 마주치자 으마, 으마라고 하면서 소리 내 울었다. 엄마? 엄마 어디 있니? 엄마 잃어버렸어? 내가 당황해서 아이를 달래보려는데 영우가 내 뒤에서 말했다. 가짜 울음이에요, 선배. 아이는 영우를 보자 금방 울음을 그쳤다. 그러고 보니 아이의 눈에서 눈물이 한 방울도 나지 않았다. 영우 말로는 자기 가방을 보고 아이가 뛰어왔는데 영우가 아닌 내 얼굴을 보고는 창피한 마음에 그런 것 같다고 했다. 으마는 엄마가 아니라 이마가 아프다는 말이었다. 아이는 영우에게로 가서 손을 꼭 잡았다. 조카야? 딸이요. 결혼을 했었나? 부모님과 산다고만 했는데.

놀랐지만, 궁금한 게 많았지만 나는 아무렇지 않은 척 말했다. 이렇게 귀여운 딸이 있었구나. 아이가 부끄러운 건 아닌데. 회사에는 말 안 하고 싶어요. 그러는 사이에 저쪽에서 어떤 여자가 아이구, 언제 엄마 찾아서 거기까지 갔어, 라면서 우리 쪽으로 뛰어왔다. 그리고 나와 눈이 마주치고 아유, 하며 고개를 살짝 숙였다. 영우의 엄마였다.

대체 누가 그걸 알고 굳이 회사에 소문낸 걸까? 하긴, 아이가 있는 게 무슨 죄지은 것도 아니고. 한동안 가십거리는 되겠지만.

원 선배가 차 키를 집으며 일어난다.

"너무 늦었다. 데려다줄게."

미진 선배 집은 그렇다 쳐도 스튜디오에서 우리 집까지는 택시로도 한 시간이 걸렸다. 빈말이겠거니 싶어 적당히 사양했지만 원 선배는 계속 데려다주겠다고 했다. 미진 선배가 말했다.

"아냐. 택시 불렀어. 지수야, 같이 타고 가자."

곧 호출한 택시가 왔다. 미진 선배는 따라오는 원 선배를 밀어내고 나를 끌고 택시에 탔다. 원 선배는 계속 그 자리에 서서 미진 선배와 내가 탄 택시를 보고 있었다. 그리고 멀어져 보이지 않을 때까지 그 자리에 있었다. 원 선배가 시야에서 사라지자 미진 선배가 말했다.

"너, 오늘 만난 목적을 잊지 않았겠지?"

아차. 청첩장을 가방에서 꺼내 미진 선배에게 건넸다. 선배는 봉투를 뜯어 청첩장을 꺼낸다. 테두리에 레이스 무늬가 눌러 찍혀 있는 것 외에는 별 장식 없는 아이보리색 두꺼운 종이에 간결하게 날짜와 시간, 종윤과 내 이름이 쓰여 있는 청첩장이었다. 선배는 풋, 하고 웃었다.

"참 신기해. 청첩장, 사람들이 꼭 자기 닮은 걸로 하더라."

그러고 보니 그런 것도 같다. 내가 받았던 청첩

장들도 각각 주는 사람을 닮아 있었다.

"꼭 홍보 일을 다시 해야 하는 건 아니지만, 다시 회사 다닐 생각이면 결혼 전에 직장을 구하는 게 좋을 거야."

결혼은 두 달밖에 남지 않았고, 나는 결혼 후에 다시 직장을 구할 생각이었다. 입사한 지 얼마 안 돼 결혼식이다 신혼여행이다 해서 휴가를 내기도 뭐했다.

"생각해 볼게요."

선배는 내리면서 내게 5만 원짜리 한 장을 쥐여줬다.

"내릴 때 이걸로 계산해. 오늘 반가웠어. 너 결혼식 때 보자. 서원 씨도 시간 되면 같이 갈게."

선배는 택시 문을 닫고도 차가 떠날 때까지 손을 흔들었다. 나도 선배가 보이지 않을 때까지 손을 흔들었다. 그러다 영우에게 메시지를 보냈다.

— 잘 지내? 오늘 미진 선배 만났다가 네 생각 나서.

너무 늦은 시간인가? 괜찮을 거야. 얘는 항상 무음으로 해놓으니까. 휴대전화가 울린다. 영우다.

영우의 상황을 듣고 걱정돼 연락한 거면서, 막상 물어보기가 미안했다. 하지만 물어보지 않아도 영우는 담담하게 그간의 이야기를 했다. 아이랑 놀러 간 놀이동산에서 회사 사람을 마주쳤고 조카냐고 묻는데 거짓말하기가 싫었다고. 그리고 말로 옮기지 못할, 말로 옮기기에는 너무도 쪼잔하고 지질한 여러 가지 일들이 있었겠지. 더는 심각해지기 싫어 쾌활한 투로 말했다.

"그래도 덕분에 '그 사람들'은 줄었겠네."

영우에게 괜히 별 상관없는 이메일을 참조로 걸고, 이미 완료한 일에 대해서 다시 물어보는 척 연락을 하고, 그걸 핑계로 커피를 자리에 갖다주고, 밥을 먹자고 하던 남자 직원들이 몇 있었다. 영우는 이런 걸 꽤 부담스러워했다. 애 엄마인 걸 알았으면 단념하는 사람도 생겼겠지.

"그렇지도 않아요. 오히려 쉽게 본다니까요. 이

래서 내가 말하기 싫었어."

　퇴사하고 영우와 연락을 잘 하지 않았던 건, 이 아이가 내게 필요 이상으로 미안해했기 때문이다. 자신이 출장 가 있는 동안 팀장의 집착에 내가 번아웃으로 퇴사했다고 생각했다. 마지막으로 만났을 때 그런 생각을 하지 말라고 했지만, 아직도 영우의 목소리에 미안함이 묻어났다. 왜 내게 미안해할까? 나는 오히려 내가 겪기 전 그런 것들을 혼자 감당했을 영우에게 미안했는데. 영우가 힘들어했을 동안 그저 방관자처럼 있어서 미안했는데. 그런데 왜 이런 미안함은 영우와 나만 서로 느껴야 하는 걸까? 나는 그런 생각에 영우를 보는 게 거북했다.

최지수(29세 7개월, 홍보대행사 과장)

지금은 TV에서 동물 다큐멘터리가 나오면 다른
채널로 돌려 드라마나 예능을 본다. 그런데 어릴
때는 동물 다큐멘터리를 좋아했다. 그리고 나도 그
런 걸 만들고 싶었다. 보통은 그 직업이 되는 전공
이 있던데, 동물 다큐멘터리를 만드는 전공은 따로
없는 것 같았다. 초등학교를 졸업할 무렵 나 나름
의 계획을 세웠다. 동물에 대해 공부하고 방송국에
입사하자. 대학 전공을 생명과학으로 택한 것까지

는 순탄했다. 하지만 대학에서는 동물에 대한 것보다 다른 걸 더 많이 배웠다. 가장 많은 부분을 차지했던 건 분자 생물학이었다. 그래도 괜찮았다. 미래 기술이니까, 배워두면 좋겠지. 공부도 그럭저럭 재미있었다. 그리고 대학에서 동물행동학 중간고사를 칠 무렵 나는 동물 다큐멘터리를 만들고 싶다는 소망을 '추억'할 정도로 마음이 멀어졌다.

3학년 2학기 때, 나는 방송국 시험 준비에 관해 검색해 봤다. 동물 다큐멘터리를 만들겠다는 의지는 거의 없어졌지만 방송 프로그램을 만드는 건 멋져 보였다.

그 일이 멋져 보이는 이유 중 하나는 입사하기 엄청 어렵다는 것이었다. 방송국 수는 적었다. 채용 공고가 떴지만 시사교양 PD 직렬을 뽑지 않는 경우도 있었다. 그럴 때면 기자를 써야 하나, 예능 PD를 써야 하나 고민했다. 회사의 인재상에 맞지 않는 것 같지만, 일단은 썼다. 될 턱이 없었다. 나는 기자 정신이 있는 사람도 아니었고, 재미있는 사람도 아니었다. 물론 시사에 관심이 깊거나 교양 있는 사람도 아니었지만.

　내 주변 누구도 방송국 시험을 준비하지 않았다. 나와 같이 졸업하던 이들은 진로가 정해져 있었다. 대기업에 취직하거나, 대학원을 가거나 유학을 가기도 했다. 의학전문 대학원에 간 사람도 있었다. 합격하지 못했지만 변리사 준비를 하는 동기도 있었다. 종윤도 시약을 만드는 외국계 회사에 취직했다. 종윤은 내게 걱정 말라고, 안 되면 자신이 먹여 살리겠다고 했다. 나는 그 말을 듣기 좋으라고 한 말이라 여겼다. 부모님의 귀농을 앞둔 때였다. 혼자 서울에서 소속도 없이 버는 돈도 없이 버틸 자신이 없던 나는 4학년의 겨울에 방송국 시험공부를 접었다.

　막상 방송국 시험 준비는 때려치웠는데, 그러고 나서 뭘 해야 할지 몰랐다. 대기업 공채 시즌도 진작에 끝나 있었다. 매일 구직 사이트를 습관적으

로 뒤졌다. 그러다 이공계 전공을 우대한다는 홍보
대행사를 발견했다. 지원서를 쓸 때는 잘 몰랐지만
면접 준비하면서 보니 업계에서 꽤 크고 유명한 곳
이었다. 회사는 당시 IT와 바이오 기업 고객을 잡
으려고 이공계 전공자를 우대한다고 했다. 그런데
이공계 지원자는 별로 없었고 입사하고 보니 나는
동기 중 유일한 이공계 전공자였다.

　내가 주로 하는 일은 화장품과 샴푸 홍보다. 회
사 일이 그렇다. 채용할 때 기대한 일과 실제 하게
되는 일은 이렇게 다르다.

　대부분의 월간지 마감인 20일 전후로 기사처
럼 나오는 광고인 애드버토리얼의 내용을 작성해
결재를 올렸고, 그 편집 디자인을 확인하고 잡지
마감 전에 배열표에서 내가 담당한 애드버토리얼
이 몇 페이지에 들어가는지 같은 사항도 확인해야
했다. 잡지가 발간되면 내가 맡았던 부분을 제일
먼저 펼쳐 봤다. 다음에는 내가 담당하는 제품이나
관련 업계 기사, 고객사의 경쟁사 기사 같은 게 있

는지도 살폈다. 이렇게 봐야 하는 잡지가 매달 수십 권이었다. 매일 시간을 좇해 수시로 뜨는 인터넷 기사와 일간지에 게재된 관련 내용도 모니터링했다. 매체의 수는 정말 엄청나게 많았다.

취재 협조 요청이 들어왔던 매체는 더 유심히 모니터링했다. 내가 코멘트한 것이 협조 요청 시 밝힌 취재 목적과 전혀 다르게 조금씩 짜깁기되어 기사가 나오지 않는지, 내가 자료사진으로 준 고객사 공장 사진을 고객사 고발 기사에 쓰지 않는지 봐야 한다. 물론 나는 나의 일을 할 뿐이고 기자들은 그들의 일을 할 뿐이다. 나는 홍보가 잘되길 바라는 마음을 담아 자료와 고화질 사진을 건네고 전문가를 섭외해 준다. 그들은 자신이 생각하는 주제에 맞게 그것들을 잘 활용할 뿐이다. 그러고 나면 나는 팀장에게 불려 간다. 그리고 팀장은 나와 함께 고객사에 불려 간다. 가끔은 홍보 계약이 해지되기도 한다. 그렇더라도 내가 배상을 해야 하거나 해고되는 것이 아니니까 그래도 어떻게든 할 만했다.

그러다 담당한 브랜드의 소셜미디어 홍보까지 맡게 됐다. 입사하고 3년 정도 지났을 때였다. 소셜미디어를 통한 홍보가 점점 중요해지던 때였다. 내가 다니던 회사가 큰 회사라는 이유로 기존 고객사들은 대부분 소셜미디어 홍보도 같이 맡겼다. 회사는 제일 잘 아는 사람이 담당자라며 나에게 맡고 있는 회사와 브랜드의 소셜미디어 홍보도 시켰다. 전혀 쉴 틈이 없었다.

지치고 너덜너덜해진 마음을 종윤에게도 보이지 않았다. 미진 선배가 사주는 밥과 서나와 먹는 떡볶이를 삼키며 혼자 달렸다. 서나와는 야근하고 미옥 언니 떡볶이집에서 만났다. 미옥 언니는 우리가 나갈 때까지 문을 닫지 않았다. 나도 그렇지만 공무원인 서나도 야근을 많이 했다. 그 무렵 서나는 같이 일하는 동료 몇 명 때문에 힘들어했다. 서나가 화장실 칸에 들어가 있는 걸 알면서도 화장실 세면대에서 서나 이야기를 아주 잘 들리게 했다.

걱정을 가장한 험담이었다. 나는 미옥 언니가 그날 팔다 남은 튀김이나 계란을 먹으며 서나가 들려주는 이야기를 들었다. 분노하다가, 동질감을 느꼈다가, 위로가 됐다가, 그런 생각이 든 게 미안해졌다.

내가 막 과장을 달았을 때였다. 우리 팀장을 비롯해 팀장의 상당수가 이직했다. 새로 생기는 홍보대행사, 중견기업 홍보팀, IT 기업 대외협력 담당자 등으로 갔다. 표면적으로는 더 좋은 조건으로 제안이 들어와서라고 했지만, 아마도 그 제안을 받기까지 본인들이 안 보이는 곳에서 무척 노력했으리라는 건 짐작할 수 있었다. 회사는 빠져나간 팀장급 인력을 다시 채워야 했다. 헤드헌터를 통해 왔던 사람은 일주일 만에 그만뒀다. 정식 채용 공고를 통해 뽑은 사람은 출근 전에 오지 않겠다는 연락을 했다. 팀장 자리를 계속 비워놓을 수는 없었다. 회사는 내부 승진을 시켜서 어떻게든 자리를 메꿔보려 했다. 그래서 각 팀에서 연차가 가장 높은 이들이 팀장으로 승진했다. 우리 팀에서 가장 고연차였던 박 차장은 내심 자신이 팀장이 될 거라고 생각하는 듯했다. 농담처럼 이건 차기 팀장님이 챙길게, 같은 말을 했다. 그런데 박 차장은 인사고과가 나쁘고 고객사와의 일 처리에서 평이 썩 좋지는 않았다. 그래서인지 '그'가 팀장으로 왔다.

그는 회계팀 예산집행 담당자였다. 자신의 후배들이 팀장을 달고 본부장을 다는 동안 조용히 회사를 다녔던 사람이었다. 20년도 더 전, 지금은 없어진 화장품 회사에서 홍보 담당을 겸했던 걸 제외하고 홍보 경력이 없었다. 그가 홍보라는 걸 해봤을 때는 일간지와 방송국 몇 군데만 있었고 온라인 매체, 소셜미디어 같은 게 없었다. 그는 우리 회사에 와서 줄곧 물품 구매 담당, 예산 담당, 급여 담당 등으로 일했다고 했다.

아까 같이 엘리베이터 탔는데 할머니 장롱 냄새 같은 게 나더라고. 양복 새로 사 입을 돈도 없어? 하긴 좋은 양복 입을 필요도 없겠다. 사무실에

박혀서 예산 집행서에 도장이나 찍어주니까. 그에 대한 뒷말은 별 분노가 없는 조롱들이었다. 그걸 모르는, 아니 모르는 척하며 그는 무덤덤하게 회사를 다녔다. 나는 그런 그를 볼 때마다 짠한 기분이 들었다. 박 차장 대신 그가 우리 팀 팀장이 된다고 했을 때, 나는 솔직히 좋았다. 팀장이라는 사람에 대한 스트레스는 적을 테니까. 그간 봐왔던 그의 모습은 무덤덤하고 고요한 사람이었다. 실적을 내기 힘들 거라 생각은 했지만 내 연차에서 걱정할 일은 아니었다.

처음에 그는 업무 파악을 하느라 팀원들을 닦달할 틈이 없었다. 몇 년간 쪼아 대는 팀장을 겪어 내다 보니 그것만으로도 살 것 같았다. 이 행복은 딱 세 달 동안 누렸다.

팀장은 팀원들, 특히 박 차장과 사이가 좋지 않았다. 박 차장은 자신 대신 자리를 차지한 팀장이 미운 듯 보였고 우리에게 팀장의 험담을 했다. 몇

은 그 말에 동조했고, 팀장을 배척했다. 미진 선배
와 나는 아무 말도 하지 않았다. 팀장이 지시하면
그들은 아이, 에유 같은 소리를 내거나 그건 아닌
데요 같은 말을 했다. 그들의 말이 틀린 건 아니었
다. 그리고 한참을 다른 일을 하다가 온 팀장이 세
세하게 잘 모르는 건 당연했다. 팀장이 조금 더 뻔
뻔했다면 유하게 그들의 무례한 태도를 지적하며
업무 파악을 해 나갔겠지만 그는 그러지 못했다.
팀원들이 지적할 때마다 팀장은 얼굴이 빨개지며
수첩으로 탁자를 펑, 하고 쳤다. 정말 뭔가 터지기
라도 하듯 엄청 쩡하게 펑, 소리가 울렸다. 그러고
팀장은 아무 말도 하지 않고 자리를 떠버렸다. 그
때까지만 해도 나는 팀장이 안됐다고 생각했다.

분위기가 거의 정점으로 안 좋았을 즈음 미진
선배가 회사를 떠났다. 선배는 대기업 홍보 담당자
로 가면서 내게 잘 버티고 있으라고 했다. 여건이
되면 데려가겠다는 말도 했다. 미진 선배는 좋은

사람이었지만 자기 자리도 잘 잡을지 모르는 사람이 하는 말을 믿지는 않았다. 가끔 함께 커피를 마시던 다른 선배는 전략팀으로 발령 났다. 그 선배는 내게 미안하다고 했다.

팀장은 결국 박 차장과 화해했다. 아니, 사실박 차장에게 굽히고 들어간 거였다. 서운한 점이많았을 텐데 미안합니다, 라고 회의 시간에 공개적으로 사과했다. 이제 더 이상 우리 부서에서 수첩을 탁자에 내리치는 펑 소리는 나지 않았다. 큰 소리도 나지 않았다. 얼핏 우리 팀은 잘 굴러가는 걸로 보였다.

회사 안에서 우리 팀 실제 팀장은 박 차장이라는 말이 나왔다. 아마 팀장도 그 이야기를 들었겠지만 동요하지 않았다. 하지만 정말 아무렇지 않은 건아니었다. 팀장에게는 누군가가 필요했다. 애착 인형 같은 존재, 그게 영우였다. 너무 어리거나 너무고인물인 직원은 부적당했다. 어느 정도 일을 할 줄아는 연차의, 그렇지만 자신을 위협할 만큼 고인물

은 아닌 존재, 그러면서도 유순해 보이는 존재. 팀
장이 영우를 택한 건 아마도 그런 이유 같았다.

팀장의 영우야, 영우, 하는 소리를 너무 많이
들어서 팀장이 없을 때도 환청이 들릴 정도였다.
영우가 자리에 없으면 찾았고 전화를 했다. 새벽에
문자 폭탄을 보낸다고 했다. 주말에도 그랬다. 회
사 사람들은 실제로 영우를 '팀장의 애착 인형'이
라고 했다.

그들은 농담처럼 말했지만 전혀 농담 같지 않
은 상황이었다. 영우가 내게 보여줬던 매일 한 시
간 이상씩 통화한 통화 목록과 메시지를 보며, 나
는 팀장이 영우에게 동료나 후배가 아닌 다른 마음
이 있는 게 아닐까, 라는 생각까지 들었다. 나는 영
우의 일에 대해 고민하다가 다시 내 앞에 닥친 일
을 해결하느라 잊어버렸다가 다시 영우의 일을 떠
올리고, 어떻게 해야 하나 고민하다가 다시 해야
할 일을 했다.

영우는 팀장의 메시지에 충실히 답을 보냈고,

잡다한 걸 찾아서 보고했으며, 종종 팀장의 두서없고 재미도 없는 말을 들으며 아주 오래 커피도 함께 마셨다. 영우는 그런 쓸모없는 일에 진을 뺐다.

어쩌면, 팀장이 차라리 영우를 자리로 불러 혼냈다면, 그러는 과정에서 고함을 치거나 욕설이나 폭언을 했다면, 혹은 손가락으로 머리나 어깨 등을 툭툭 치거나 건드렸다면 영우는 오히려 좀 더 쉽게 팀장에게서 벗어났을지 모른다. 그렇지만 그는 그저 자신의 직원을 자주 상냥하게 불렀고, 말을 했고, 질문을 했을 뿐이었다.

나와 같이 인사팀장과 면담을 하고 나오며 영우는 거의 포기했다. 아무도 해결해 주지 않았다. 그 '아무도'에는 나도 포함이었다. 영우에게 미안했다. 스스로 방관자인 게 부끄러워 일부러 더 힘줘서 영우에게 말했다. 팀장이 하는 걸 다 받아줄 필요 없어. 영우는 옅게 웃으며 달리 방법이 있나요, 라고 대꾸했다.

그러다 수연시에서 열리는 국제행사 홍보가 우리 팀으로 배당됐다. 행사장은 몇 년 전 수연시로 편입된 시의 끄트머리 지역에 있었다. 건물을 올리기 위해 바닥을 고르는 공사판 한가운데에 세운 행사 장소와 그 옆의 호텔 말고는 카페도, 식당도 없는 곳이었다. 수연 시내까지 나가기에는 교통편도 나빴고 거리도 멀었다. 수연시에서 열리는 행사 현장에 상주하면서 실시간으로 소셜미디어 게시물을 올리고, 현장 스케치가 담긴 보도자료도 작성할 담당자가 필요했다. 처음에는 제비뽑기를 할까, 아니면 며칠씩 당번을 정해 내려갈까 하는 의견이 있었다. 그러나 영우가 전담으로 내려가는 걸로 바뀌었다. 회의 시간에 거기 내려가기에 다들 바쁘지 않아? 라고 팀장이 운을 띄웠고, 박 차장이 업무 공백을 최소화하고 효율적으로 일을 하려면 한 사람이 고정으로 가 있는 게 맞다는 의견을 냈다.

그 전날 나는 고객사 담당자와 통화할 빈 회의

실을 찾다가 팀장과 박 차장이 회의실에서 말하는 걸 들었다. 최대한 영우로 막아야죠. 거기까지 가면 우리 일은 누가 하겠어요. 근데 영우 지금 하는 일이 좀 많지 않아? 왜요, 팀장님 영우랑 떨어지면 큰일 나요? 그럼 팀장님 같이 가시면 되겠네. 아니, 그 말이 아니잖아. 그러면 뭐 들어온 지 1년 조금 넘은 애들 보낼 거예요? 최지수 씨는? 아, 진짜, 팀장님, 지수 보내면 다음 달 브랜드 론칭하는 거 누가 치다꺼리해요? 뭐, 그래, 알았어.

　나는 내가 가겠다고 했다. 팀장과 박 차장은 계속 영우가 가는 게 맞다는 말만 했다. 영우는 부모님께 아이를 맡기고 수연시로 내려갔다. 그리고 영우가 없는 사무실에서 나는 영우 대신 팀장의 애착 인형이 됐다. 영우가 이곳에서 하던 것들의 대부분은 내 차지가 됐다.

　영우는 수연시에서 꽤 잘 지내는 것 같았다. 업무 때문에 간간이 통화할 때 목소리가 원래보다 한

톤 높았다. 영우는 퇴근길에 부근의 유일한 편의점인 행사장 지하 편의점에서 산 맥주를 행사장 옆 호텔 방에서 마시며 허허벌판으로 해가 지는 광경을 바라본다고 했다. 그곳에서 지낸 지 2주째인 주말에는 부모님과 아이가 찾아왔다고도 했다. 영우는 치유되고 있었다. 그리고 나는 팀장에게 하루에도 백 번 넘게 최 과장, 지수야, 라는 소리를 들었다. 그동안 이런 것들을 영우가 견뎌냈구나.

팀장의 새 애착 인형, 아니 임시 애착 인형 역할을 한 지 2주쯤 지났을 때, 나는 인터넷으로 종종 노동법이나 노무 상담, 직장 내 괴롭힘 같은 내용을 검색했다. 구체적으로 '폭언 없는 직장 내 괴롭힘', '자주 부르거나 연락하는 것도 괴롭힘' 같은 말을 찾아보기도 했다. 무료 노무 상담을 신청하기도 했다. 막상 내가 겪으니 그제야 이것저것을 시도했다. 영우가 겪는 걸 보기만 할 때는 그저 고민하는 시늉만 했으면서. 스스로가 싫어졌다. 그러다 나는 서서히 포기했던 것 같다. 기를 쓰고 벗어나려던 의욕은 점차 사그라들었다. 결국 나는 아무것도 할 수 없었고 하고 싶지 않았다.

그렇게 지낸 지 한 달 하고 보름이 지났을 때였다. 보도자료를 한 글자도 쓸 수 없었다. 별로 바쁜 날도 아니었고, 보도자료를 쓸 때 필요한 자료도 충분했다. 써야 할 주제가 까다로운 것도 아니었다. 고객사 새 매장에 관한 내용이었다. 그냥, 쓰면 됐다. 하지만 나는 보도자료 양식 오른쪽 귀퉁이에 날짜를 쓴 이후로 단 한 글자도 쓰지 못했다. 멍하게 모니터를 보다가 하루가 지났다.

다음 날 팀장은 내게 그 보도자료에 대해 물었다. 나는 아직 다 하지 못했다고 했다.

"얼마나 남았어?"

나는 아무 말도 할 수 없었다. 아니, 하기 싫었던 걸지도 모른다.

"설마, 하나도 안 했어?"

"…네."

팀장은 내게 회의실로 오라고 했다.

회의실에서 가만히 그의 말을 들었다. 아니, 사실 들었다기보다는 그저 가만히 있었다. 그가 뭐라고 하는지 중간에 한 번씩 안 들었기 때문이다. 그는 정말 한참 말을 쏟아냈는데, 그중에는 내가 다하지 못한 보도자료와 상관없는 얘기도 많았다. 보도자료라는 것의 기원에 대해 말하다가, 보도자료를 써야 하는 고객사와 자기 몰래 따로 식사를 하면 안 된다고 했다가, 우리가 다른 부서일 때부터 나와 일해보고 싶다는 생각을 했다고 했다. 최 과장을 믿는다고, 아무래도 내가 믿을 사람은 최 과장밖에 없다는 말을 끝으로 그의 속풀이는 마무리됐다. 시원하게 다 쏟아냈는지 그는 내게 그 질문을 했다. 이 질문을 하는 걸 보니 거의 끝나간다.

"우리 최지수 과장은 못 하는 걸까, 안 하는 걸까?"

내가 해야 할 대답은 둘 중 하나였다. 죄송합니다, 또는 더 열심히 하겠습니다. 그러면 그는 그래,

앞으로 잘해, 라면서 회의실을 나갈 거였다.

"못 하는 겁니다."

솔직하게 대답한 거였다. 물론 그가 원하는 대답이 아니었다. 그의 얼굴이 빨개졌다. 그가 우리 팀으로 왔던 초반에 수첩을 내리치기 전의 낯빛이었다. 그런데 수첩 대신 그는 발을 들어 회의실 빈 의자를 차버렸다. 내 옆에 있던 의자가 옆으로 넘어졌다. 그 옆의 의자도 넘어졌다. 그의 낡은 양복 바지 안쪽 박음질 부분이 집게손가락만큼 터졌다. 그는 그 구멍을 손으로 쥐어 보며 숨을 고르고 있었다. 말이 많고 집요한 면은 있었지만 이렇게 폭력적인 사람인 줄은 몰랐다. 다른 사람들에게 좀 쪽팔리지만 사무실에서 당하는 게 나을 뻔했다. 공개된 곳에서는 이렇게 굴지 못했을 테니까. 그는 거친 숨을 고르더니 진정되었는지 다시 빈정대듯 말했다.

"못 하면 회사를 어떻게 다녀? 그만둬야지."

맞는 말이었다. 못 하는데 어떻게 일을 계속하

겠어. 그만두는 수밖에. 그리고 그와 둘이서만 있는 이 회의실에서 벗어나고 싶었다. 최대한 겁먹지 않고 담담한 척 겨우 한마디 뱉었다.

"네."

그리고 회의실을 뛰쳐나왔다. 내 뒤를 얼굴이 빨개진 팀장이 따라왔다. 도망가고 싶었다. 다시 회의실로 끌려갈까 봐 두려웠다. 다행히 회의실에서 나온 팀장은 차분해졌다. 조금 있으면 영우가 복귀하겠지만 영우에게 이 짐이 다시 넘어갈지 내가 계속 가지고 있을지 알 수 없었다. 내가 이 짐을 계속 지고 있을 자신도 없었지만, 영우에게 이런 짐을 넘기고 회사를 다닐 자신도 없었다.

나는 자리로 가서 사직원 양식을 출력했다. 자필로 양식을 채워야 했기에 인쇄된 양식을 자리로 가져와 퇴직 날짜와 사유, 서명, 결재 난을 손으로 써서 채웠다. 그리고 결재판에 끼워 팀장에게 가져갔다. 얼굴이 터질 것처럼 빨개진 팀장은 말없이 바로 팀장 난에 결재를 해 본부장에게 가져갔다.

관례상 사직원을 받으면 담당 부서장과 면담을 하고 그러던데 그 회의실에서 했던 걸 면담으로 친다면 그것도 나쁘지 않을 것 같았다.

그렇게 나는 사직원을 제출하고 연차가 모두 소진되는 29일 뒤 날짜로 퇴사했다. 팀장이 내게 마지막에 보인 폭력적 행동은 아무에게도 말하지 않았다. 일부러 그런 건 아니었다. 문제를 제기할 기력이 남아 있지 않았다. 어서 벗어나고만 싶었다.

회사를 나오고 나서도 간간이 옛 동료들이 일자리나 일감을 연결해 주기 위해 내게 연락했다. 그동안 일을 못하진 않았구나, 라는 생각에 그런 전화를 받고 나면 조금 으쓱해졌다. 물론 결혼 준비와 방송국 시험 때문에 바빠서 전혀 그 일들을 할 생각은 없었다. 그렇지만 든든했다. 업계는 나를 원하고 있고, 내가 마음만 먹으면 다시 취직하는 건 어렵지 않을 거라 생각했다.

최지수(30세 8개월, 구직자)

결혼식 일주일 전 원 선배가 전화했다. 웨딩 플래
너에게서 부케를 골라달라는 메시지와 함께 사진
을 받아서 보고 있던 참이었다.

　"이제 막 생긴 작은 홍보대행사인데, 일해볼 생
각 있어?"

　건너서 알게 된 사람이 운영하는 곳이라고 했
다. 마침 일을 다시 해야겠다고 생각하던 참이었
다. 소모적인 스트레스가 심하지 않다면 월급이 조

금 줄어도 괜찮았다.

"네, 지원할래요. 고맙습니다."

"그럼 내가 그쪽에 네 얘기를 해보고 다시 연락 줄게."

다음 날 원 선배가 다시 전화했다. 그쪽에서 내 얘기를 듣더니 아주 마음에 들어 한다고 했다.

"당장 면접 보자고 난리더라. 일단 이력서 간단하게 보내볼래?"

나는 원 선배에게 받은 이메일 주소로 내 이력서를 보냈다. 이력서를 전달받은 후로 그 회사 대표는 수시로 내게 메시지를 보냈다. 별로 급해 보이지 않는 질문들이었다. 소비재 쪽 홍보를 하신 건가요? 혹시 제약 쪽 아는 사람 있을까요? 학교 동기라든지. 신혼여행은 어디로 가요? 숙소는 어디서 묵어요? 저녁은 드셨어요? 이 브랜드 알아요? 요즘 이 브랜드 이미지가 어때요? 이 식당 가보셨어요? 접대하기 어떨까요? 전에 잡지 쪽이랑 화보 진행해 본 적 있어요? 그러더니 굳이, 내 결혼식 날짜도 알면서 결혼식 하루 전에 면접을 보자고 했다.

결혼식 이틀 전, 식 당일에 포토 테이블을 꾸밀 스튜디오 촬영 사진을 찾아 돌아오니 밤 10시 17분이었다. 집에 도착해 배터리가 다 돼 꺼졌던 휴대전화를 충전했다. 전원을 켜자 대표의 메시지가 세 통 와 있었다.

— 전화를 안 받아서 문자 남겨요.

— 내일 아침 8시 30분에 보는 것 변동 없는 건가요? 내일 봐요.

— 아직 답이 없으시네요. 내일 포트폴리오도 꼭 같이 가져오세요.

포트폴리오라고? 그렇게 수시로 내게 메시지를 보냈으면서 포트폴리오 얘기는 왜 이제야 하는 걸까? 내게는 포트폴리오라 할 만한 게 없었다. 따로 만들어본 적도 없었다. 피곤해 쓰러질 것 같은 상태로 노트북을 열었다. 그동안 작업했던 보도자료나 행사 사진, 소셜미디어 게시글 같은 걸 찾아 긁어모았다. 그걸 추리고 편집해서 파일 하나로 만들었다. 새벽 4시였다.

　나는 면접 2시간 전 집을 나섰다. 지하철을 세 번 갈아탔다. 전날, 아니 새벽에 잠들기 전 찾아뒀던 인쇄집으로 갔다. 24시간 운영하는 곳이어서 아침 7시 20분에도 들어가 인쇄를 할 수 있었다. 컬러로 출력하니 몇 장 되지 않는 것 같은데 만 원이 넘게 들었다. 면접 볼 회사는 거기서 마을버스를 타야 했다. 환승 할인을 위해 서둘러 마을버스 정류장으로 갔다. 그래, 이것도 다 추억이 되겠지. 결혼식 하루 전에 잠도 제대로 못 자고 면접 보러 갔던 건 두고두고 이야깃거리가 될 테니까.

　회사는 번화가에서 조금 벗어난 골목에 있었다. 원래 그 색인지 흰색이었는데 변색된 건지 누런 타일이 붙은 건물 7층에 회사가 있었다. 엘리베이터가 있었지만 운행하지 않았다. 걸어서 올라간 사무실은 철문으로 잠겨 있었다. 숨을 고르며 문을 두드렸다. 아무도 나오지 않았다. 다시 문을 두드렸다. 묵묵부답이었다. 시간은 8시 27분, 면접 시간 3분 전이었다. 나는 대표에게 전화했다. 대표는 이제 집에서 나오는 길이라고 했다. 나도 모르게 아직 댁이시라고요? 라고 큰 소리로 물었다. 빨리 가겠다는 그의 말을 듣고 전화를 끊었다. 그리고 철문 앞에서 기다렸다. 바로 아래층에서 기계로 쇠를 깎는 소리가 났다. 그 소리에 귀가 멍해질 무렵 대표가 나타났다. 그는 사과 대신 이렇게 말했다.

"왜 안 들어가고 있어요? 주변머리 없이."

짜증을 누르고 말했다.

"문이 잠겨 있어서요."

"아닌데. 우리 직원들 다 출근해 있는데."

대표가 보안카드를 찍고 철문을 열자 직원 네 명이 보였다. 그들은 대표에게 아침 인사를 했다. 철문 바로 앞에 앉아 있는 사람도 있었다. 아무리 쇠 깎는 소리가 시끄러워도 분명히 내가 문을 두드리는 걸 들었을 텐데 왜 문을 안 열어줬을까? 그들은 나를 힐끔 보더니 각자의 모니터로 고개를 돌렸다. 나는 대표를 따라 그의 방으로 들어갔다. 직원 네 명이 일하는 공간보다 대표 혼자 쓰는 방이 훨씬 넓었다.

"클라이언트들 오시면 이리로 오니까, 내 방은 좀 커요."

굳이 자신의 방이 큰 이유를 말하는 대표에게 나는 아침에 출력해 온 포트폴리오를 건넸다. 그는 후루룩 그걸 넘겨 보고 덮었다. 저렇게 한 번 보고 덮을 걸 위해 나는 새벽 4시까지 편집하고, 아침에 한 시간이나 더 일찍 나오고, 만 원 넘게 들여 출력해 왔구나.

"여기서는 할 일이 좀 많을 거예요."

할 일은 어디나 많으니까, 그게 이상한 건 아니었다. 나는 고개를 끄덕였다.

"관리자 역할도 하실 수 있죠? 직원들 케어하고 그런 거. 아, 영어는 얼마나 하죠? 영어 문서 작성 작업도 좀 많거든요."

내가 생각한 '좀 많은' 할 일과 좀 달랐다.

"이제 급여 얘기를 해볼까요?"

"얘기는 들었습니다."

"아마 전에 다니던 곳보다 천만 원 정도 연봉이 줄어들 거예요."

그 정도는 예상했던 바니까 고개를 끄덕였다.

"급여는 적어도 내가 직원 복지는 신경 쓰니까. 점심 먹을 때 회사가 4000원 지원해 주거든요. 저는 뭐, 일한다고 하면 다 해줘요. 지방 출장 가면 기차표도 끊어주고, 해외 출장 가면 비행기 표랑 숙소 결제해 주고."

그 순간, 내가 이곳에 취직하면 어떤 삶을 살게 될지가 그려졌다. 도망쳐야 해. 1000만 원이 줄어든다는 사실보다 그 말을 하는 대표의 태도가 더 절망적이었다. 뻔뻔하게 더 시키고 덜 주겠다는 그 표정. 나는 자리를 박차고 나가고 싶은 걸 참았다. 그래도 원 선배가 소개해 줬으니 예의 있게 끝내야지.

예전 회사에 다닐 때 작은 회사에서 이직했던 동료의 말이 떠올랐다. 지수 씨는 잘 몰라. 큰 데서 시작해서. 나는 정말 잘 몰랐다. 예전에 내가 받던 급여가 업무 강도나 시간에 비해서 많다고 생각하지 않았다. 회사 일 하러 온 건데 점심도 온전히 제공하지 않고 겨우 4000원을 보조해 주면서 생색을 내는 회사가 있을 줄 몰랐다. 출장을 가는데 출장비를 주기는커녕 기차표와 비행기표, 숙소 잡아주는 걸 자랑하는 회사가 있을 줄 몰랐다. 일할수록 밑지지 않으면 다행이었다.

다음 날, 원 선배는 미진 선배와 함께 내 결혼식에 와줬다. 나는 결혼식에 온 원 선배에게 와 줘서 고맙다고 하면서 전날 면접 본 회사를 소개해 줘서 고맙다고 했다. 어찌 됐든 소개해 준 사람에게 그게 예의니까. 원 선배는 다음에 더 좋은 기회가 올 거라며, 거긴 잊어버리라고 했다. 저쪽에서 무슨 말을 전해 들은 걸까?

신혼여행에서 돌아와 양쪽 부모님을 뵙고 신
혼집 정리를 하며 종윤의 결혼휴가가 마무리될 무
렵 원 선배에게서 메시지가 왔다. 내게 자신의 스
튜디오로 오겠냐고 했다. 미진 선배가 휴가라서 쿠
키를 잔뜩 구워 오기로 했다면서.

　　미진 선배는 아주 큰 밀폐용기 두 통에 쿠키를
가득 담아 왔다. 맛도 모양도 다양했다. 나는 진한
노란색의 눈사람 모양 쿠키를 집었다. 오렌지 맛이
었다. 쿠키에서 과일 맛이 나는 걸 싫어하지만, 이
건 아주 맛있었다. 나도 모르게 곰돌이 모양으로
하나 더 집어 먹었다. 이건 생강 맛이었다. 버터 맛
과 적당히 섞여서 부드러우면서 향긋했다.

　　"예전에 베이킹 학원 좀 다녔어."

　　몰랐다. 선배가 이런 쪽으로 관심이 있는지. 그
러고 보니 선배에 대해 아는 게 별로 없다.

　　"어쨌든 먹는장사가 제일인 거 같더라. 우리 언
니도 먹을 거 장사해서 결국 성공했거든."

미진 선배가 창업을 이유로 베이킹을 배웠다는 게 좀 의외였다. 선배는 대기업 홍보팀으로 이직을 했고, 잘 다니고 있었으니까.

"세상일 어떻게 될지 모르니까. 나는 있잖아, 내가 지금쯤 회사 어린이집에 내 애를 맡길 줄 알았어."

미진 선배가 말하고는 원 선배를 쳐다봤다. 원 선배는 조금 굳은 표정으로 나를 한 번 쳐다보고는 미진 선배에게 말했다.

"그 얘기까지는 하지 마."

나는 쿠키를 우물거리며 눈치를 봤다.

"뭐 어때. 지난 일인데."

미진 선배의 이직은 팀 분위기 때문이라고 생각했다. 회사 사람들도 다 그렇게 생각했고, 선배도 크게 부정하지 않았다. 그리고 어쨌든 이직하는 곳이 대기업이니까, 직원 복지도 좋고 연봉도 늘고 안정적이어서 간다고 생각했다. 이 모든 게 이직하는 데 어느 정도 이유가 됐겠지만 가장 큰 이유는 아니었다.

"나 서원 씨랑 만났잖아."

만난다는 게 뭘 의미하는지 조금 생각해야 했다.

"서원 씨랑 헤어지고 이직했어."

아, 나의 편협함이란. 그러니까 둘은 사귀었다가 헤어진 거였다. 헤어진 이유는 미진 선배가 다른 사람으로 갈아탔기 때문이었다. 엄마 친구 아들과 결혼을 결심했던 것이다.

"미진 선배 진짜 잔인한 사람이었네요."

"그니까. 나쁜 년이야."

"아직 대한민국에서 서원 씨와 결혼할 수는 없으니까."

두 군데서 오퍼가 왔고 미진 선배는 그중에 육아를 하기 더 적합한 곳을 선택했다. 회사 분위기가 육아 휴직을 독려했고 사내 어린이집도 있었다. 그곳이 지금 미진 선배가 다니는 회사다. 결혼도 하기 전에 육아까지 생각한 이직이라니. 그런데 육아하기 좋은 곳으로 이직한 미진 선배는 결혼하지 않았고 아이도 없다.

영업이 끝난 원 선배의 스튜디오에서 피자를 배달시켜 먹고 나왔다. 차를 가져온 미진 선배는 나를 집까지 데려다주겠다고 했다.

"퇴근 시간에 불답시까지 어떻게 가려고요."

"괜찮아. 고속화도로 타면 금방이야. 너랑 오랜만에 얘기도 하고 좋지 뭐."

하지만 우리 집으로 가는 차 안에서 선배와 나는 별로 얘기하지 않았다. 무슨 말을 해야 할지 몰랐다. 선배가 운전하는 모습을 본 적은 드물었다. 선배는 운전을 그리 좋아하지 않았다. 그런 미진 선배가 휴가에 굳이 쿠키를 잔뜩 구워 차에 싣고 전 애인을 만나러 온 건 잘 이해할 수 없는 행동이었다. 지금 둘은 무슨 관계일까? 연인으로는 끝나버린 걸까? 둘 중 한쪽은 아직도 감정이 남아 있는 걸까? 미진 선배는 만나던 남자와 헤어진 거겠지?

그러니까 그렇게 준비하고도 아직 결혼을 안 한 거
겠지? 왜 헤어졌을까? 미진 선배에게 묻지 못할 질
문들이 마음속에 쌓여갔다.

"좀 이상하다고 생각하지? 서원 씨랑 나."

선배가 말했다. 빨간불에 잠시 멈췄을 때 나를
힐끔 보고 나서 한 말이었다. 얼굴에서 너무 티가
났나 보다.

"저 그렇게 편견 있는 사람 아녜요."

"아니. 둘이 헤어져 놓고 지금 뭐 하는 거야, 그
런 거."

무슨 말을 해야 할지 떠오르지 않았다.

"나 지금이 참 좋거든. 서로 너무 잘 아니까. 지
금 이 정도가 딱 좋은데. 계속 이럴 수는 없겠지."

이해되지 않았지만 이해해 보려 한다. 둘은 사
랑과 우정 사이 어딘가에 있는 그런 관계인 걸까?
둘 중 하나는 아직도 미련이 남아서 쿨한 척 관계
를 이어가는 건 아닐까? 그게 미진 선배일까 봐 조
금 슬퍼지려 한다. 원 선배보다는 미진 선배가 내

게는 더 오래되고 깊은 관계니까.

"서원 씨가 너 좋게 본 거 같더라. 도움이 많이 될 거야. 자기 사람이라고 생각하면 엄청 챙기거든."

*

늦잠을 자고 일어났다. 종윤은 이미 출근했다. 메시지가 한 개 와 있었다.

— 어제 쿠키 많이 남았는데 오늘 와서 먹을래?

원 선배였다. 가는 데만 한 시간 넘게 걸리는 그곳까지 어제 먹다 남은 쿠키를 먹으러 오라니. 나는 이모티콘을 섞어 답장을 보냈다.

— 저는 괜찮아요:) 선배 두고 드세요.

원 선배가 다시 메시지를 보냈다.

— 다른 약속 있니? 너무 멀면 오후에 내가 좀 갖다줄까? 어차피 불답시 쪽에 볼일이 있거든.

쿠키가 뭐라고. 미진 선배가 말한 자기 사람 챙

긴다는 게 이런 걸까?

그러는 사이 메시지가 하나 더 와 있었다. 미진 선배에게서 온 거였다.

— 적당한 데서 사람 뽑는다고 하더라. 연락 줘.

나는 미진 선배에게 전화했다.

"너도 이름은 들어봤지? 전에 다니던 데보다 크진 않은데 업력은 좀 됐지. 과장급 한 명 뽑는다더라고."

내가 다니던 곳만큼 오래된 곳이었다. 업계에서 평판도 괜찮은 회사였다. 자세한 건 모르지만 적어도 점심값에 보태라고 4000원을 주며 생색내는 곳은 아닐 거라 확신했다. 누런 타일 건물 7층에 있던 그 회사에 다녀온 이후라 기회가 더 감사했다. 조건이 조금 마음에 들지 않더라도 일단 다니고 싶었다. 공백이 1년을 넘기면서 마음이 더 조급해졌다.

"지원서는 어디로 보내면 될까요?"

"음, 우선 내가 네 연락처를 그쪽에 전달할게. 아, 그리고….."

선배는 잠시 주저하다가 말했다.

"너 결혼했다고 말을 안 했어."

안 좋은 기분을 떨쳐내려 노트북을 켰다. 누런 타일 건물 7층 회사에 제출할 때 업데이트 해놨던 이력서를 다시 한번 훑어봤다. 그사이 딱히 추가된 이력은 없었다. 글씨체를 좀 더 각진 걸로 바꿀까? 위 여백이 너무 좁아서 답답한가? 이력서 양식을 손보고 있는데 휴대전화가 울렸다. 모르는 번호였다. 나는 숨을 한 번 고르고 전화를 받았다.

전화는 선배가 소개한 회사 팀장이라는 사람이 건 거였다. 인사팀장이 아니라 내가 입사하게 되면 일할 팀의 팀장이라고 했다. 차분하고 상냥한 목소리였다. 나도 모르게 자꾸 누런 타일 건물 7층 회사 대표와 비교하게 됐다. 경박하지 않았고 차분하고 상냥했다. 말이나 질문이 너무 많지도 않았다. 마음이 조금 놓였다.

내가 그동안 했던 일을 듣던 그는 점점 목소리 톤이 올라갔다. 많이는 아니고 아주 조금. 신문과 잡지, 방송, 소셜미디어를 다 해본 사람은 많지 않다고 했다. 해본 게 다양해서 좋다고 했다. 공익 캠페인부터 소비재, IT 서비스 등 다양하게 다뤄본 것도 마음에 든다고 했다. 너무 여러 가지를 조금씩 했다며 전문 분야가 없는 것 아니냐면서 거절당했던 적도 있었는데.

"저희가 원하는 분이 올라운드 플레이어거든요. 아시겠지만 저희가 인력이 많지 않아서 다 할 줄 아는 사람이 좋아요."

분위기가 좋았다. 내가 말하는 걸 다 좋은 쪽으로 받아들였다. 그는 이력서를 보낼 이메일 주소를 메시지로 보내겠다고 했다. 나는 메시지를 받는 대로 바로 이력서를 보내겠다고 했다. 통화를 마무리하면서 뻔한 칭찬을 몇 마디 주고받았다. 그러다 그가 말했다.

"저희랑 한 식구 되셔서 나중에 결혼하더라도 쭉 오래 다니셨음 좋겠네요."

결혼하더라도, 라는 말에 움찔했다. 그냥 네에, 하고 끊으면 안 될 것 같았다. 숨길 일도 아니었다.

"저, 얼마 전에 결혼했는데요."

"아, 그러셨군요."

그리고 몇 초간 그는 아무 말도 하지 않았다. 몇 초가 아니라 1초나 2초 정도였을지 모른다. 내가 느끼기에는 꽤 길었지만.

"그럼 아이는…?"

"없습니다."

당분간 아이를 가지지 않을 거라 말할까 했지만 입이 떨어지지 않았다. 그러기에는 너무 구차했다. 그는 다시 연락하겠다고 했다. 그렇게 통화를 끝냈다.

이력서를 보낼 이메일 주소를 적은 메시지는

오지 않았고 전화도 다시 오지 않았다. 대신 미진 선배가 전화했다. 선배는 조심스레 내게 말했다.

"진짜 네가 너무 마음에 드는데 공백이 생기면 커버할 인력이 없으니까, 그래서 그런 거니까 그냥 잊어버리자."

결혼을 한 지 얼마 안 됐다는 건, 아이가 없다는 건 언제든 아이를 임신해 자리를 비울 수 있는 인력이란 뜻. 크지 않은 회사에서 각자 이미 자신의 최대치로 일하는데 한 명이 사라지면 다른 사람들이 그 일을 나눠서 할 수 없다. 그러면 새로 사람을 뽑아야 한다. 사람을 한 명 뽑는다는 건 부담되는 일이다. 더구나 다시 복귀할 사람을 위해 그동안 일할 임시직을 구한다는 건 거의 불가능에 가까울 거다. 그 자리는 그 일을 할 수 있는 사람에게 별로 매력적인 자리가 아니다. 더군다나 임시직이라면 더욱. 아는데, 알긴 아는데 기분 나빴다. 결혼했다는 게 싫으면서 애초에 먼저 결혼해도 쭉 오래 다녔으면 좋겠다는 말은 왜 했담? 아이를 가

지지 않을 거라고 굳이 덧붙였다면 결과가 달라졌
으려나?

*

그렇게 면접도 보지 못하고 거절당하는 일을
몇 번 더 겪었다. 그러다 회사 다닐 때 친하게 지내
던 기자 한 명이 연락했다. 일할 때는 친했지만, 회
사를 그만두면서 퇴직 인사를 한 뒤로는 따로 연락
하지 않은 사이였다. 그녀는 괜찮은 자리에 사람을
뽑는데 내 생각이 났다고 했다. 그리고 채용 공고
링크를 보냈다. 화학 소재를 만들어 파는 중견기업
이었다. 회사 업력도 있고 복지도 좋다고 했다. 일
하는 재미는 조금 덜할 수 있다고 했다. 10년 넘게
일했던 담당자가 이민 가지 않았다면 사람을 구하
지 않았을 거라 했다. 오래 일하던 담당자는 아이
때문에 온 가족이 이민을 결심했다고 한다. 그러니
까, 결혼을 하고도 계속 다녔다는 얘기였다. 그런
생각이 들자 안도했다.

회사는 내 결혼 여부에 별로 관심이 없었다. 면접에서 직접적으로 "결혼하셨어요?" 같은 질문뿐 아니라 결혼 여부를 간접적으로 알 수 있는 질문들, 예를 들어 "부모님과 따로 독립해서 사시나요? 누구와 같이 사시나요?" 같은 질문도 하지 않았다. 자진해서 말해야 하나? 결혼했습니다, 당분간 아이 계획은 없어요. 하지만 그 말을 할 틈이 없었다. 내 경력과 관련된 질문만 잔뜩 하고 나는 거기에 대답하다 보니 면접이 끝났다.

그리고 나는 합격했다.

합격 전화를 받았을 때, 보이지 않는 상대방에게 고개를 숙이며 고맙다고 했다.

그다음 주 월요일에 나는 그 회사 신입사원들과 같이 채용 건강검진을 했다. 혈압은 수축기 135, 이완기 80, 맥박은 97이었다. 의사는 긴장하셨어요? 라고 물었다. 나는 평소 혈압이 100에 40 정도 나오는 저혈압이고 맥박은 60이 안됐다. 아마도 그런 것 같다고 하자 의사는 모니터에서 내 혈압을 고쳐줬다. 110에 60으로.

채용 담당자는 3일 뒤부터 출근이라고 했다. 그사이 건강검진에 이상이 있으면 연락이 갈 거라고, 전화 잘 받으라고 얘기했다. 집으로 돌아와 넣어뒀던 옷들을 꺼내 손질했다. 재킷과 블라우스, 모직 바지와 스커트같이 한동안 입을 일이 없던 것들이었다.

최지수(31세 3개월, 민종윤의 보호자)

응급실에서 알려준 곳으로 갔더니 커튼이 쳐져 있었다. 커튼을 걷으니 종윤이 가슴에 줄 여러 개를 붙이고 누워 있었다. 종윤은 나와 눈을 마주치고도 그저 눈만 껌뻑거렸다. 나와 통화했던 종윤의 회사 후배가 옆에 있었다. 나는 그에게 고개를 숙여 인사했다. 그리고 종윤에게 말했다.

"말도 못 하는 거야? 정신이 아직 안 돌아왔어?"

종윤 대신 그의 후배가 말했다.

"심전도 측정할 때 말하지 말라고 해서 그럴 거예요. 선배 구급차에서 정신이 돌아왔거든요."

후배는 응급실에 와서 한 번 쟀는데 또 한 번 재는 거라면서 방금 간호사가 붙이고 갔다고 했다. 나는 종윤의 후배를 보냈다. 그 후로도 여러 번 간호사가 종윤의 심전도를 쟀고, 의사와 간호사가 종윤에게 한 번씩 뭔가 묻고 상태를 확인했다. 그리고 대부분의 시간, 우리는 가만히 있었다. 응급실은 생각보다 고요했다. 옆자리 노인의 코 고는 소리만 들렸다. 커튼을 치다가 눈이 마주친 노인의 보호자는 그가 요로 결석 때문에 너무 아파서 전날부터 잠을 잘 못 잤다며 미안하다고 했다. 그러다 밤이 됐다. 내가 응급실에 온 지도 10시간이 다 돼갔다. 우리는 언제까지 여기 있어야 하는 걸까?

"배고프지?"

종윤이 물었다.

"괜찮아."

"밥 먹고 올래? 병원 안에 푸드코트 있을걸."

"혼자 무슨 밥을 먹어. 말 시키지 마. 힘 빠져."

힘은 없었지만 견딜 만했다. 하루 한 끼도 먹지 않은 거에 비해서는 괜찮았다. 이제 종윤도 괜찮아 보여 긴장도 조금 풀리는 것 같았다. 전에 종윤의 상태를 확인하러 세 번 왔던 의사가 또 자리로 왔다.

"여기서 해드릴 수 있는 건 다 해드렸어요. 외래진료를 보시는 게 좋을 것 같네요."

구급차에서 잰 심전도에 이상이 있었다고 했다. 의사는 혹시 외래진료 날짜 전에도 흉통이 생기거나 정신이 혼미해지는 등의 이상이 있으면 바로 응급실로 와야 한다고 했다. 아픈 줄 알았는데 괜찮대, 하며 싱겁게 끝날 줄 알았는데 아니었다. 하긴, 애초에 괜찮았으면 여기에 올 리도 없다. 수납을 하고 외래진료를 볼 거면 예약을 잡으라고 했다.

외래진료는 이틀 후가 가장 빠른 날짜였다. 내

첫 출근 날이었다. 종윤은 날짜를 듣더니 혼자 오겠다고 했다. 예약을 잡아주던 간호사가 내게 말했다.

"보호자 필요한 검사를 당일에 할 수도 있으니까, 가급적 같이 오세요."

내가 오기 힘들면 누구라도 같이 오는 게 좋다고. 그리고 또 심장발작을 할 수 있으니 당분간 평상시에도 혼자 두지 않는 편이 좋다는 말도 했다.

밤이라 병원 안 약국에서 처방된 약을 탔다. 작은 갈색 병에 든 하얀 알약 몇 알이었다. 약사는 심장이 조이는 것 같을 때 혀 밑에 넣고 녹여 먹으라고 했다.

그래도 오늘은, 적어도 오늘은 살았다. 죽지 않았다. 그렇게 다짐하듯 생각하며 약병이 든 지퍼백을 가방에 넣었다.

회사에 양해를 구해 첫 출근을 하루 미뤘다. 출근도 전에 하루를 쉰다. 출근하라는 것도 감사했는데, 출근까지 미뤄주다니. 나는 회사에서 정말 잘 하겠다는 의지를 다졌다.

하지만 외래진료를 보고 그날 한 건 간단한 피 검사 같은 것뿐이었다. 그리고 집에 가기 전 24시 간 홀터검사라는 걸 하기 위해 장치를 종윤의 가 슴에 붙여줬다. 예약이 필요한 검사는 그다음 주에 산발적으로 잡혔다. 어떤 건 화요일 오전이었고, 다른 건 수요일 오후, 또 다른 건 금요일 오후였다. 조퇴를 하고 병원까지 오기에 거리도 멀었고, 그렇 게 자주 반차를 내기도 곤란했다. 결과가 나오기까 지 2주간 병가를 낸 종윤을 집에 혼자 두는 것도 불 안했다.

나는 외래진료를 보고 온 날 시어머니에게 전 화했다. 종윤에게 전화를 하라고 했으나 하기 싫어 하는 눈치여서 내가 전화를 걸었다. 시어머니는 말 이 참 많은 사람이었다. 그리고 항상 입에 "우리 윤 이"라는 말을 달고 사는 분이었다. 전화를 걸자 시 어머니는 다다음 주에 갈 해외여행 준비 이야기를 쏟아냈다.

"내가 복이 진짜 많은 거 같다. 우리 윤이가 딱 결혼하고 너랑 알아서 잘 사니까 내가 이렇게 맘 놓고 놀러도 가고."

새삼스레 그런 말을 하는 게 좀 이상했다. 시어 머니는 내가 종윤과 결혼하기 전에도 굉장히 많이 놀러 다니시는 것 같았는데. 시댁에는 시어머니가 여러 관광지에서 산 기념품이 벽 한편에 쭉 매달려 있었다.

"어머니, 저 드릴 말씀이 있어요. 종윤 씨 이야기요."

"우리 윤이가 알아서 잘 안 하겠나. 웬만한 건 말 안 해도 된다."

그러고는 전화를 서둘러 끊으려는 시어머니에 게 나는 종윤이 응급실에 간 이야기를 했다. 그리고 외래진료를 본 이야기도.

"간 김에 다른 것도 좀 검사하고 오지 그랬어."

마치 건강검진을 받으러 간 듯 말했다. 이해를

잘 못 하셨나? 나는 심장과 관련된 다른 검사는 다음 주에 있다는 것과 내가 곧 출근을 해야 하기 때문에 종윤 옆에 누군가가 있어줘야 한다고 말했다.

"아이고, 니가 욕보겠네. 그래도 종윤이 반품은 안 된다. 알아서 잘 고치고 살아라. 수고해라."

시어머니는 마치 농담하듯 말끝에 흐흐, 소리를 냈다. 또 전화를 끊으려고 했다.

"아뇨, 어머님. 어머님께서 좀 오셔야 할 거 같아요. 종윤 씨랑 같이 있어주세요."

시어머니는 잠시 말이 없었다. 그리고 조금 가라앉은 목소리로 말했다.

"지수야, 가정을 이룬다는 건 부모랑 별개의 가족이 되는 거다. 무슨 말인 줄 아나? 결혼을 했으면 종윤이랑 너랑 알아서 잘 해결하고 살아야 된다는 거라."

그래, 틀린 말이 아니다. 그런데 결혼했다고 해서 갑자기 자식이 남이 되는 건 아닐 텐데. 시어머니는 종윤에 대해 이야기할 때마다 남 이야기 듣는 것처럼 반응했다. 종윤이 지금은 어떤지 묻지도 않았다. 이러면서 왜 "우리 윤이"를 입에 달고 있었던 걸까? 시어머니는 종윤이 알아서 잘 커서 너무 좋다고, 손이 안 가는 아들이라면서 최고라는 말을 자주 했다. 가성비 좋은 자식일 때만 예쁘다는 건가, 라는 생각이 불쑥 튀어나왔다. 그래도 자기 자식인데, 설마.

전화를 끊고 방에서 나왔다. 24시간 심전도 검사를 위해 가슴에 홀터 검사 장치를 달고 있던 종윤이 소파에 앉아 멍하니 있었다. 나는 종윤 옆에 가서 앉았다. 나를 합격시켜 준 고마운 회사지만 종윤보다 소중하다고 할 수 없다. 종윤이 혼자 있다가 큰일이라도 나면 나는 죄책감을 견디지 못할 것 같다. 그리고 종윤이 자신의 엄마에게 어떤 존재인지 알게 된 것 같아서 슬프고 안쓰러웠다. 아직 회사에 연락을 안 했지만 거짓말을 했다.

"회사 안 가기로 했어. 자꾸 미루는 것도 미안해서."

종윤은 굳은 얼굴로 병원에 혼자 가겠다고 했다.

"회사에 전화한 거야? 왜 그걸 혼자 결정해. 다시 전화해. 가겠다고."

종윤은 거의 화내듯 말했다. 나는 종윤이 너무 심각한 것 같아 농담처럼 말했다.

"왜? 둘 다 일 못 하면 굶어 죽을까 봐 겁나?"

종윤은 그걸 진지하게 받아들였다.

"나랑 결혼해서 너만 손해 보고 있잖아."

"내가 회사들이 원하는 인재가 아닌가 보지. 만약에 결혼해서 꺼리는 거라고 해도 그게 그냥 결혼해서 그런 거지 너랑 결혼해서 그런 건 아니잖아."

"내가 괜히 결혼하자고 했나 싶어."

종윤이 이렇게 못나게 굴 때는 등짝을 한 대 때리고 싶다. 하지만 장치를 붙이고 있으니 참아야지. 안 그래도 답답한 상황에 종윤까지 답답하게 구니 더 말하기 싫었다. 방으로 들어가 문을 닫았다. 쾅 소리를 내며 생각보다 문이 세게 닫혔다. 나는 다시 문을 열고 종윤에게 말했다.

"지금, 심전도 기록지 준 거 기록해. 아내와 언쟁 후 문 쾅 닫는 소리 들음. 이렇게. 근데 일부러 세게 닫은 건 아니야."

그리고 그다음 주 수요일 종윤이 심장초음파 검사를 받으러 들어갔을 때였다. 나는 밖에서 기다리는데 원 선배가 메시지를 보냈다. 시간이 괜찮으면 회사 로고 프레젠테이션 자료를 만들어 달라는 거였다. 나는 냉큼 하겠다고 했다. 새로 회사 출근해서 바쁠 텐데 미안하다는 선배에게 나는 회사를 가지 않았다고 했다.

검사 결과 종윤의 심장에는 큰 이상이 없었다. 종윤 옆에서 계속 정상이냐고 묻는 내게 의사는 이상이 없다고 말했다.

"굳이 따지자면, 이 부분이 다른 사람과 조금 다른 위치에 있어요."

의사가 화면을 짚으며 설명하는데 무슨 말인지 이해하기 힘들었다. 나와 종윤의 표정을 본 의사는 말했다.

"기능을 제대로 한다면 크게 문제 되지 않습니다. 계속 정상이냐고 물어보셔서 말씀드린 거예요. 생각하시는 것보다 심장 기형은 굉장히 흔해요."

"그게 그때 쓰러지면서 발작한 것과 상관이 있는 건 아닐까요?"

"아뇨. 그거랑 별로 상관없어요. 걱정 안 하셔도 됩니다. 그때 이후로 또 그런 증상을 보인 적이 있나요?"

"그때보단 덜 하지만 두 번 정도요."

나는 몰랐다. 우린 계속 같이 있었는데 언제? 샤워할 때? 내가 잠들었을 때? 종윤은 나를 보고 입 모양만 벙긋거렸다. 걱정할까 봐, 라고 말하는 것 같았다.

"응급실에서 드린 하얀 약 혀 밑에 녹여 드셨어요?"

"별로 달라지지 않더라고요. 근데 그러다가 좀 지나서 저절로 진정됐어요."

"협심증은 아니네요. 다른 검사에서도 별다른 이상 없고요. 혹시 정신건강의학과 진료를 보시는 건 어떨지요."

종윤과 나는 서로를 쳐다봤다.

"다니시던 곳이 있으면 진료를 한번 보시고요, 혹시 없으시면 저희 병원 정신건강의학과로 연결해 드릴게요."

종윤은 정신건강의학과 진료를 받았다. 그동안 아팠던 건 공황발작 같다고 했다. 약을 타 왔다. 그리고 회사는 두 달 휴가를 냈다. 연차와 아껴뒀던 리프레시 휴가를 모았다. 종윤의 회사에서 리프레시 휴가를 실제로 쓰는 사람은 별로 없었다. 종윤은 회사에 들어가고 나서 한 번도 2주일 넘게 쉰 적이 없다. 정말로 리프레시가 필요한 시기에 딱 맞게 쓰는 셈이었다. 연차를 사용한 3주에 대해서는 월급이 나왔지만 리프레시 휴가는 월급의 60퍼센트만 나왔다. 그래도 다행이라고 생각했다. 죽지 않고 살았으니까. 심장에 큰 병이 있는 건 아니라니까. 그만두지 않고 휴가를 낼 수 있다는 것도, 60퍼센트지만 월급이 나오는 것도 다행이었다.

나는 한 번도 종윤의 정신과 진료에 따라가 본 적이 없다. 종윤은 혼자 가길 원했다. 처음에는 미안한 마음에 사양하는 건가 싶었다. 그런데 혼자 다녀오면 뭔가 홀가분하고 표정이 밝아져서 왔다. 혼자 가서 내게도 못 하는 말을 마음껏 떠들고 오는 듯했다. 나는 심리상담이 아니고 진료니까 너무 선생님 시간 많이 뺏지는 말라고 했다. 그래도 뭔가 나아지고 있다는 느낌이 들어서 다행이었다.

*

그전까지 받던 월급의 60퍼센트로 둘이 살기는 생각보다 팍팍했다. 집 대출금을 갚고 나면 종윤의 월급 60퍼센트는 반토막이 됐다. 왜 나는 그때 그렇게 과감한 결단을 했을까? 결혼 전 우리는 덜컥 지금 사는 아파트를 매매해 버렸다. 결혼 날짜가 다가오는데 전세 매물은 없었고, 조바심이 났던 나는 대출을 많이 끼고 불답시의 작고 낡은 아파트를 사자고 했다.

　나는 틈틈이 구직활동을 했고, 집안일을 했으며, 알바 사이트에서 찾은 작은 일들을 했다. 가끔 면접을 보러 갔다. 면접 후 연락은 없었다. 대부분은 면접비도 주지 않았다. 이럴 거면 차라리 부르지 말지. 면접을 가려면 시간과 노력은 물론 돈을 다만 얼마라도 쓸 수밖에 없었다. 일회용 렌즈와 화장품을, 정장을 다림질하는 데 전기를, 구두를 손질할 때 솔과 구두약을 써야 했다. 택시는 아니어도 버스나 지하철은 타야 하니 교통비도 들었다. 가진 돈이 줄어드니 이런 작은 것에도 예민해졌다.

　종윤은 쉬는 동안 집안일을 시도했다. 처음에

는 하게 됐다. 종윤은 욕실 청소를 할 때 세제 묻힌 솔로 타일을 대충 적시듯이 한 번 훑은 다음 물을 뿌려버렸다. 때가 있는 곳은 세게 문질러야지. 내가 그 말을 한 다음 종윤은 이곳저곳 너무 세게 문질렀다. 도기와 타일에 흠집이 났다. 종윤은 청소기를 돌릴 때 청소기 머리를 이곳저곳에 세게 박아버리곤 했다. 옷장 문짝과 거실장 다리, 서랍장 모서리가 까졌다. 나는 포기했다. 내가 집안일을 전부 하기로 했다.

서원 선배가 가끔 일을 줬는데 주로 브로슈어에 들어갈 상품설명 문구의 오탈자 검토와 윤문, 디자인 제안서 작성 같은 거였다. 적은 돈이지만 결과물을 보낸 날 바로 받을 수 있어서 좋았다. 하루는 8만 원을 받고 좋아하다가 갑자기 울적해졌다.

서원 선배가 집기를 디자인한 이벤트 행사장에서 단기 아르바이트를 한 적이 있다. 이틀을 나갔는데, 딱히 할 일이 많지 않았다. 저녁에 두 시간 정도 생글거리며 서 있다가 제품 설명을 하고 체험을 시켜주는 거였다. 첫날 저녁 일당 5만 원을 현금으로 받았다. 집 근처 지하철역에서 내려 걸음을 서둘렀다. 집에서 나오는 길에 동네 마트에서 봤던 4990원짜리 투명 플라스틱 상자에 든 딸기를 사기 위해서다. 과일을 안 먹은 지 꽤 됐다. 안 먹은 게 아니라 못 먹은 거다. 다른 생필품을 사다 보니 과일은 우선순위에서 항상 밀렸다. 오랜만에 과일을 먹을 기회다. 오늘 5만 원을 벌었으니 5000원 정도는 딸기 사는 데 써도 되겠지.

마트에 도착하니 4990원짜리 딸기가 놓여 있던 곳은 텅 비어 있었다.

"아저씨, 딸기 없어요?"

"행사상품은 다 나갔어요."

그러면서 마트 이름이 써진 조끼를 입은 남자는 내 맞은편을 가리켰다. 거기에는 좀 더 알이 큰 딸기가 든 스티로폼 상자가 있었다. 한 상자에

12900원이다. 오늘 번 돈이 5만 원인데, 딸기를 그 값에 살 수는 없다. 나는 또 딸기를 단념한다. 대신 정육 코너로 가서 1만 원어치 돼지고기 뒷다리살을 샀다. 돼지고기 뒷다리살은 저렴한 단백질 공급원이다. 며칠은 먹을 수 있겠다.

묵직한 고기 봉지를 들고 집까지 걸어오는데 눈물이 났다. 뭔가가 먹고 싶어서 눈물이 나는 건 초등학교 졸업 이후 처음이다. 그냥, 나는 딸기가 너무 먹고 싶었다. 이 정도면 먹어야 된다. 아직 오늘 번 돈이 남아 있다. 나는 쿵, 하고 울어서 막힌 코를 뚫고는 다시 마트로 발길을 돌렸다.

그사이 딸기 스티로폼에는 할인 바코드가 붙어 있었다. 설레는 마음으로 다시 붙은 가격을 봤다. 1만 원. 나는 스티로폼 상자를 집었다. 조금씩 무른 부분이 보였다. 다시 보니 알이 생각보다 크지 않은 것도 같다. 나는 다시 딸기 스티로폼을 내려놓고 마트를 나왔다. 1만 원 주기에는 좀 비싸. 나는 합리적으로 판단했다. 얼른 집에 가서 돼지불

고기 해 먹어야지.

*

종윤의 휴가가 거의 끝날 무렵 종윤의 동생 종선이 집에 왔다. 종선은 고향에서 멀지 않은 대도시에서 대학을 다녔고, 곧 졸업이었다. 불답시에서 유명한 이탈리안 레스토랑에 데려가 저녁을 먹였다. 밥값이 일주일 치 장 보는 비용보다 많이 나왔다. 그래도 종윤의 동생이니까, 자주 밥을 사주는 건 아니니까, 너무 아까워 말아야지.

집에 와서 씻고 거실에 이부자리를 펴줬다.

"형수님, 그냥 주무실 거예요? 맥주라도 한잔 해요."

술은 건강 문제도 있지만 술 마시는 데 쓸 돈이 없어 사두지 않는다. 배달을 시키자니 치킨까지 주문하면 몇만 원일 텐데 이미 저녁 식사에 돈을 많이 썼다. 나는 또 돈에 신경을 세웠다. 종윤이 편의점에 다녀오겠다고 했다. 종윤은 지금 우리 생활비

가 얼마나 남았는지도 모른다. 내가 가겠다고 했
다. 편의점 대신 좀 더 걸어 마트에 가서 맥주 두 캔
과 막걸리 한 병, 과자 한 봉지를 샀다.

종선은 혼자 막걸리 한 병을 비웠다.

"아까부터 말씀드리려고 했는데, 저 서울에 취
직했어요."

나와 종윤은 축하한다고 했다. 이름을 들어본
적은 없는 회사였다. 무슨 앱을 만든다고 했는데
그것도 처음 들어본 거였다. 종윤은 종선의 빈 막
걸리 잔에 남은 맥주를 붓고 잔을 부딪쳤다. 종선
은 여기서 서울 도심까지 얼마나 걸리냐고 물었다.

"아마 광역버스 타면 한 시간 정도. 출퇴근 시
간에는 더 걸릴 거예요."

"꽤 오래 걸리네요."

종선은 나와 종윤을 번갈아 힐끔거리며 봤다.
종윤이 물었다.

"왜?"

"나 서울에 자취해야 할 거 같아서."

자기가 자취한다는 걸 왜 우리 눈치를 보며 말하는 걸까?

"제가 집을 몇 군데 봤는데요."

종선은 부동산 앱에서 캡처해 놓은 사진을 우리에게 보여줬다. 얼핏 봐도 사진을 늘려 놓은 것 같았다.

"직접 가서 봐야죠. 사진으로 보는 거랑 달라요."

종선은 또 나와 종윤을 힐끔거리며 쳐다봤다. 이번에도 종윤이 물었다.

"또 왜?"

"저, 보증금 좀 보태주세요. 일단 3000만 원 정도."

종선이 온 이유가 이거였나. 3000만 원 '정도'를 '일단' 보태 달라니. 종윤은 이렇게 말했다.

"생각 좀 해볼게."

정말 생각을 좀 해보겠다는 건지, 아니면 당장

거절하는 게 껄끄러운 건지 알 수 없었다. 자리를 정리하고 방으로 들어와 누웠을 때, 나는 방 밖의 종선이 들리지 않을 만큼 작은 소리로 종윤에게 물었다.

"3000만 원 있어?"

"어떻게 하면 되지 않을까? 우리 보험을 깨든지."

"보험을 왜 깨?"

나도 모르게 목소리가 커졌다.

"그래도 알아보는 데까지 알아보고 거절해야지."

"알아볼 게 뭐 있어. 우리 재산이 어디 있다고. 이 집 깔고 앉은 게 다야. 그것도 대출 최대로 끼고. 오히려 빨리 거절해야 다른 방법을 찾지."

종윤은 동의했다. 우리는 다음 날 아침 식사를 마치고 바로 이야기하기로 했다.

아침으로 토스트와 베이컨, 스크램블드에그와

커피, 샐러드를 먹었다. 아침을 이렇게 많이 먹은 건 오랜만이었다. 그릇을 치우고 종윤은 설거지를 하려 했다.

"설거지는 좀 이따가 해. 우리 할 말 있잖아."

종윤은 다시 앉았다. 그리고 거절의 말을 꺼냈다.

"우리가 형편이 좋지 않아. 결혼하느라 돈도 다 썼고. 나 쉬는 동안이라 월급도 다 안 나오거든."

종선은 무슨 말인지 모르겠다는 표정으로 종윤을 쳐다봤다. 내가 못 참고 말했다.

"3000만 원, 못 드려요."

나는 종선이 풀이 죽어서 알겠다고 하거나, 아무렇지 않은 듯 괜찮다고 할 줄 알았다. 그런데 아니었다.

"형 아직 퇴직 안 한 거잖아. 그런 회사 직원은 은행에서 신용 대출도 받을 수 있지 않아?"

종윤은 당황했는지 어, 어, 아니, 같은 소리만 내다 나를 쳐다봤다. 왜 이 형제의 일에 내가 빨려 들어가야 하는 걸까? 나는 아무 말도 하지 않았다.

"내가 월급 타서 갚을게. 형수님, 제가 금방 갚을게요."

대체 월급이 얼마길래 갚는다는 걸까? 그런데 그 말을 하는 종선의 눈빛은 진심이었다. 너무 어이가 없으면 웃음이 나온다. 두 형제는 내가 왜 웃는지 모르는 듯했다.

"형수님, 가족끼리 어려울 때 돕는 거 아닌가요? 저는 나중에 형이랑 형수님 어려운 일 생기면 도울 건데."

종선의 가치관은 결혼하면 둘이 알아서 사는 거라던 시어머니의 가치관과 매우 달랐다.

"지금이 바로 그 도울 때예요. 종윤 씨는 아프고요, 나는 직장도 못 구했고요, 우리는 대출 갚느라 과일도 못 사 먹으면서 살고 있어요. 그러니 지금 도와줘 봐요."

종선은 잠시 아무 말이 없었다. 눈이 점점 빨개지더니 눈물을 흘렸다. 그러더니 껵껵 소리를 내며 울었다. 뭐가 서럽다고 저렇게 우는 걸까? 성인 남자가 우는 소리는 꽤 컸다. 다른 집에서 민원 넣는 거 아닌지 모르겠네. 종윤은 자신이 죄라도 지은 양 고개를 푹 숙였다.

아무도 달래주지 않자 한참을 울던 종선은 울음을 그쳤다. 그리고 짐을 챙겼다. 나가면서 종선이 말했다.

"형, 형수님. 죄송해요. 저 때문에 싸우지 마세요."

그러더니 비련의 주인공처럼 고개를 획 돌려서 현관문을 열고 가버렸다. 종윤은 한숨을 쉬었다. 나는 종윤의 등을 툭 쳤다. 종윤은 말없이 화장실로 들어갔다.

*

종윤이 다시 출근한 첫날, 나는 서나를 만났다. 비가 내리던 늦겨울이었다. 광화문 쪽에 교육 때문에 갔던 서나가 오후 3시 전에 끝난다고 했다. 우리는 3시 30분에 정동길 카페에서 보기로 약속했다. 아는 얼굴이 지나갔다. 그 주변에 위치한 회사의 홍보 담당자였다. 상대방은 나를 보지 못한 것 같다. 못 본 척한 걸 수도 있다. 그를 보는 순간 갑자기 가슴이 답답해지고 머리가 멍해졌다. 이름이 정확히 기억도 안 나는 그와 특별히 나빴던 일은 없었다. 좀 까다로운 고객사 담당자이긴 했지만 정확하게 요청 사항을 말했기 때문에 오히려 일하기 편했다. 그런데 왜 내 몸은 이렇게 반응하는 걸까?

나는 회사를 그만두기 직전 보도자료를 한 글자도 쓰지 못하던 때보다 조금도 나아지지 않았을지 모른다. 정작 취직을 하더라도 일을 못 하는 건 아닐까? 그런 생각을 하니 두려워졌다. 이렇게 계속 일을 하지 못하는 사람이 되어버린 건 아닐까?

카페에 들어가 우산을 접고 젖은 겉옷을 벗어 옆 의자에 걸쳐놨다. 비가 와서 그런지 창밖에는 관광객처럼 보이는 사람은 별로 없다. 정장 차림의 몇 명만 지나갔다. 회사에 들어가서 처음 외근을 마치고 돌아가던 날, 미진 선배는 정동길로 돌아가자고 했다. 운치 있는 길이었다. 도심에 있지만 붐비는 일도 잘 없었다. 나는 이 길을 좋아했다. 이 근처에 올 일이 있으면 꼭 정동길을 걸었다. 그리고 카페에 들러 커피도 한 잔씩 마셨다.

비 내리는 걸 구경하다 보니 서나가 왔다. 석윤구청 앞에서 보던 것보다 훨씬 밝은 표정이었다. 우리는 커피를 주문했다. 나는 그때처럼 브라질 세하두 원두 드립을 주문했다. 서나도 같은 걸로 주문했다. 오랜만에 마시는 남이 내려준 커피다. 커피를 받아서 자리로 간다. 이렇게 앉아 있으니 회사 다닐 때와 똑같았다.

우리는 잠시 아무 말 하지 않고 창밖을 보며 커피를 홀짝였다. 양손으로 커피잔을 꼭 쥐었다 놓은 서나는 나를 힐끔 보더니 말했다.

"회사, 아쉽지?"

전에 다니던 회사를 말하는 걸까, 입사를 포기한 회사를 말하는 걸까? 여기 와서 알게 된 확실한 한 가지는 나는 회사를 그리워하는 게 아니라 회사에 출근한 내 모습을 그리워한다는 것. 이 길을 걷고 여기서 커피 마시던 내 모습을 좋아한다는 거다.

"아니."

"그럼 됐다."

서나는 분위기를 바꾸려는지 다른 이야기를 물었다.

"주말에 시동생 잘 왔다 갔어?"

나는 그냥 웃었다. 서나는 물었다.

"왜? 무슨 일 있었어?"

나는 간단하게, 종선이 서울에서 자취하게 3000만 원을 보태달라고 했다가 거절당하고 가버렸다고 말했다.

"남편하고 싸운 건 아니지?"

아니, 왜 내가 종윤과 싸울 거라 생각하는 거

지? 종선도 서나도.

"아니. 남편도 당황한 거 같더라. 시동생한테 말도 잘 못하길래 내가 거절했어."

"뭐 당황할 거까지야…."

"우리 돈 없다니까 신용대출을 받아서 도와달라고 했거든."

신용대출이라는 말에서 서나는 허, 하고 웃었다. 그래, 나도 당시에 그런 웃음이 나왔다고.

"참, 창의적이야. 자기 가족에게 돈을 가져가는 방법."

"그래도 다행히 다른 가족은 그런 적 없어."

"아닐걸."

서나는 확신에 찬 투로 말했다. 한 번도 본 적이 없는 사람들을 잘 알고 있다는 듯이. 나는 잠깐 서나의 부모님을 떠올렸다. 어쩌면, 서나의 말이 맞을지도 모른다고 생각했다. 그 말이 맞다면 아픈 자식은 걱정도 하지 않는 시어머니, 아파서 쉬는 형에게 대출해서 돈을 빌려달라는 종선, 직장을 오

래 다녔고 돈도 잘 안 쓰는데 돈을 별로 모으지 못
했던 종윤이 이해되니까.

　커피를 다 마셔갈 때쯤 서나 휴대전화로 영상
통화가 걸려 왔다. 이 시간에 영상통화라니, 누굴
까?
　"아이참."
　서나는 영상통화를 거절하더니 메시지를 보냈
다.
　"누구야?"
　휴대전화 자판을 빠르게 누르고 있는 서나에
게 내가 물었다. 서나는 휴대전화를 테이블에 탁
하고 놓더니 말했다.
　"남자친구. 교육 일찍 끝났다고 했더니."
　서나는 얼마 전 남자친구를 사귀기 시작했다
고, 그는 솔티비아에 산다고 했다. 나는 휴대전화
를 열어 '솔티비아'를 검색해 봤다. 아니, 엄청 멀잖
아. 솔티비아는 대서양에 있는 큰 섬나라였다. 한

국에서 직항도 없네.

　나는 연애를 시작한 사람에게 물을 법한 것들을 물었다. 서나는 솔티비아의 수도 솔티비아시티 솔티 디스트릭트와의 교류 행사에 구청 직원으로 지원 나갔다가 그와 만났다고 했다. 그 얘기를 하는 서나의 표정은 아주 햇복해 보였다. 그와 미래를 함께하려면 여러 가지를 정리하고 결정해야 하겠지만, 나는 서나가 그와 정말 행복하길 바랐다. 서나가 바라는 '의지할 수 있는' 사람이었으면 좋겠다고 생각했다.

최지수(32세 10개월, 주부(무직))

새벽에 833.97달러가 결제됐다. 아무것도 사지 않고 자고 있었는데. 원화로 환산돼서 한 달 치 생활비만큼의 돈이 내 통장에서 바로 빠져나갔다. 그 카드는 발급받고 딱 한 번, 사용하던 노트북이 고장 나 새로 사는 거 이왕이면 좀 싸게 사보려고 해외 사이트에서 노트북을 직구할 때만 사용했던 거였다. 이 카드를 잃어버렸던 적도 없다. 발급받은 뒤 계속 책상 맨 아래 서랍에 있었다.

처음에는 뭔가 착오가 있는 줄 알았다. 카드사에서 다른 사람한테 보낼 문자메시지를 잘못 보냈나? 체크카드와 연결된 통장 잔고를 확인해 봤다. 21,020원. 정말 결제가 된 거였다. 그제야 깨달았다. 아, 이게 그거구나. 카드 도용. 그런데 어떻게 이렇게 알뜰하게 다 털어갈 수가 있지? 비정상적인 사용이 의심된다며 카드사에서 안내 메시지가 왔다.

안내 메시지에 있는 번호로 전화해 카드 사용을 정지시켰다. 카드를 정지해 준 상담사는 상담센터가 오전 9시부터 운영하니 그때 이의신청이라는 걸 하라고 했다. 끊임없이 인터넷 검색을 하고 게시글을 읽으며 내게 일어난 일이 꽤 흔한 일이라는 걸 깨닫고, 전반적인 해결 과정을 파악할 때쯤 오전 9시가 됐다. 다시 고객센터에 전화해 이의신청을 했다. 해결되는 데 한 달 또는 두 달, 어쩌면 더 오래 걸릴 수도 있다고 했다. 이의신청이 거절될 수도 있다고 했다. 돈을 돌려받지 못할 수도 있었다. 내 돈을 빼 간 놈에 대한 분노보다 당장 생활비가 통장에 없다는 걱정이 더 컸다. 아, 나는 어쩌자고 체크카드를 사용했던 걸까. 신용카드였다면 바로 계좌에서 돈이 나가지는 않았을 텐데. 그러면 당장 돈이 없어서 조급해지지는 않을 텐데.

후회를 하다가 예전에 보험을 들었던 게 생각났다. 보험에 접수하면 그 보험사에서 보상을 해주지 않을까? 이의신청을 하고 기다리는 것보다 더 빨리. 이메일 받은 편지함을 열어 '보험약관'을 검색했다. '오래된 메일'로 분류되어 있는 '보험약관 및 보장 안내'라는 제목의 이메일이 나왔다. 보이스피싱이나 카드 도용 등 사고를 당했을 때 보상을 받을 수 있는 보험이었다. 결혼 준비를 하면서 커피 쿠폰을 주는 이벤트를 하길래 소액으로 가입했던 거였다. 이메일을 열어서 확인하니 아직 보험 기간이었다. 보험사에 전화했다. 일단 보험 접수를 하려면 경찰에 신고한 내역이 있어야 한다고 했다. 신고요? 네, 피해가 생긴 거니까 경찰에 신고를 하셔야죠. 아, 그렇지. 남의 돈을 이렇게 빼 간 건 범죄니까 신고를 하는 거구나. 나는 당장 경찰서로 갔다.

민원실을 비롯한 여러 곳을 거쳐 경제수사1팀으로 갔다. 눈이 충혈된 수사관 한 명이 왔다.

"최지수 님? 돌아가 계시면 진술하실 날짜 잡아서 연락드릴게요."

"오늘은 못 하는 건가요?"

"그러면 좋겠지만 지금 일이 많아서요. 제가 지금 조사하는 분이 계신데, 세 시간은 더 있어야 끝날 거 같아요. 바쁘실 텐데 돌아가 기다리시죠."

하나도 바쁘지 않았다. 나는 지금 돈은 없고 시간은 많다.

"기다릴게요. 이따가 시간 되실 때 부르세요."

"세 시간 넘을 수도 있습니다."

"괜찮아요."

그는 조금 불편해진 표정으로 자기 자리로 돌

아갔다. 수사관들의 책상 건너 맞은편에는 각각 한 명 또는 두 명의 사람이 앉아 있었다. 영화나 드라마에서는 묵비권을 행사하는 사람도 많던데. 여기서는 묵비권은커녕 다들 소리 높여 자기 얘기를 쏟아낸다.

내가 앉아 있는 데서 가장 가까운 곳의 남자는 지명수배돼서 잡혀 온 상태였다. 아니, 도주라뇨. 연락 두절 아닙니다. 아니, 생각해 보세요. 겨우 5000만 원 때문에 제가 도주를 하겠어요? 제가 운영하는 회사가 얼마짜리인데요. 제 변호사가 곧 올 거예요. 휴, 그러니까요. 일부러 저 엿 먹어보라고 도주했다고 한 거라니까요. 아니, 바빠 죽겠는데 진짜, 이게 뭐 하는 짓이람.

그 옆자리 사람은 레깅스를 3만 장 들여오기로 했다고 했다. 제 생각에는 아예 거기서 실어 보내지도 않은 거예요. 오퍼상도 다 한통속이라니까요. 당장 2만 장 행사 들어가기로 한 거 빵꾸 나게 생겼어요. 2억이 넘는데. 2억이요. 하, 진짜. 저 지금 다른 물건 오는 것 때문에 그러는데, 조사는 얼마나 걸릴까요?

그 건너편에는 사우나에서 만난 사이라는 두 명이 나란히 앉아 있었다. 그러니까 다 합치면 1억 7000이 넘는 거지. 아, 저기를 안 더했잖아. 아, 1억 9500만 원이요. 근데 수아 엄마랑 진짜 연락 안 돼? 연락할 만한 사람 없나 잘 생각해 봐. 둘이 먼 친척 이잖아. 친척은 무슨. 그냥 시골에서 부모님끼리 같은 동네 산 건데. 근데 우리 여기 또 와야 돼요?

그들 각자가 하는 이야기들이 이 좁은 공간을 더 비좁고 숨 막히게 만들었다. 없어진 내 833.97달 러는 아주 귀엽고 작게 느껴졌다. 묘한 위로를 받 는다. 당장 생활비 통장에 돈이 없는 건 달라지지 않지만. 그리고 모두들 바쁜 것 같았다. 바쁘지 않 은 사람은 여기서 나뿐이다.

몇 분 사이에 벌어진 일이라 할 말이 짧을 줄 알았는데 꽤 오래 걸렸다. 결제 문자가 오고 통장

잔고를 확인하고 카드사에서 이상 거래 문자가 오고, 통화하고, 다시 오전 9시가 넘어 이의신청한 이야기를 했고, 정확한 금액 등 사실 확인을 위해 카드가 등록된, 내가 사용하지 않는 간편 결제 서비스와 카드사의 고객센터와 스피커폰으로 통화를 해야 했다. 카드사 상담사는 내가 묻는 질문에 대답하지 않고 자꾸 전화를 해도 더 빨리 되는 게 아니니 더 이상 전화하지 말고 일단 기다리라고 말했다. 그동안 아무 말 없이 듣고 있던 수사관이 피해 사실 확인을 하는 고객한테 왜 그런 식으로 말하냐고 언성을 높여 말했다. 그 말에 나도 모르게 눈물이 나왔다. 서러운 상황에서 내 편을 들어준 것 같은 기분이었다. 조금 흐르고 말 줄 알았던 눈물은 잘 멈추지 않았다. 수사관은 이런 상황이 익숙한지 자신의 옆에 있던 티슈를 갑째로 내게 건넸다.

"고생하셨어요. 자, 이제 마지막으로 여쭤볼게요. 직업이 어떻게 되시죠?"

직업이 없는데. 취업 준비생과 무직 중 뭐라 답

할까 고민하다가 주부라고 답했다.

"네, 수고하셨습니다. 이제 진술서 읽어보시고 중간에 지장 한 번씩 찍을게요."

그는 인쇄한 진술서를 내게 내밀었다. 여신전 문금융업법 위반이라고 적혀 있었다. 내 직업은 '주부(무직)'이라고 쓰여 있었다. 좀 전에 괜한 고민을 했다. 어차피 무직인 건 마찬가지였는데. 무직이 맞으니까, 그렇게 억울하지는 않았다. 그런데 주부가 왜 무직이지?

*

소득을 포기했으니 온 힘을 다해 지출을 줄여야 했다. 그러려면 막연히 상상하던 알뜰하고 바지런한 주부처럼 살아서는 안 된다. 일단 뭔가를 바지런히 하려면 돈이 든다. 최소한의 것만 해야 한다. 예뻐 보이는 인테리어 소품을 산다든지, 침구나 커튼을 계절에 맞춰 교체한다든지, 계절별로 나는 과일로 청을 담근다든지, 여러 이국적인 식재료로 요리를 하는 일은 하지 않는다. 그런 걸 안 해도 살 수 있으니까.

배달 음식은 먹지 않는다. 배달 최소금액을 충족시키려면 많이 주문해야 하고, 배달 비용까지 더해지니까. 치킨은 집에서 튀기고 피자도 토르티야를 도우 삼아 만들어 먹거나 마트에서 큰 피자를 사서 소분해 두고 먹는다. 족발은 종윤이 가장 좋아하는 음식인데 직접 만들기는 힘들다. 그래서 족발집에 가서 포장해 온다. 다른 것들도 꼭 먹고 싶을 때는 배달보다는 직접 가서 포장해 와 먹는다. 배달비를 절약할 수도 있고, 대부분 음식점에서 포장해 간다고 하면 양을 더 많이 준다. 그래봤자 한 달에 한두 번 정도다. 외식은 아주 가끔 했다. 나와 종윤 생일, 결혼기념일 정도였다. 외식을 할 곳은 집에서 해 먹기 힘든 것들을 파는 곳으로 아주 신중하게 검색을 거듭해 정한다. 가끔 지나가다 너무 배가 고파 사 먹는 도넛이나 서나와 점심에 먹는 떡볶이 같은 건 내 용돈에서 해결했다. 내 한 달 용

돈은 10만 원이다. 물론 종윤도 그렇다.

식구가 둘뿐이고 평일 점심은 종윤이 먹지 않기 때문에 집에서 밥을 효율적으로 해 먹으려면 고민이 많이 필요하다. 사기 전에 이걸로 뭘 해 먹을 수 있을지 생각해야 하고, 사고 난 뒤에는 남기지 않고 다 먹을 수 있도록 메뉴를 고민해야 한다.

식재료는 주로 싼 것을 산다. 고기는 주로 돼지 앞다리살을 사는데, 만약 뒷다리살을 판다면 그게 조금 더 싸니까 그걸 산다. 채소는 주로 여름에 많이 사 먹는다. 대체로 채소는 여름에 더 싸니까. 그리고 그날 매장에서 할인하는 채소 위주로 골라 산다. 계절에 상관없이 저렴한 콩나물과 느타리버섯, 팽이버섯 같은 건 자주 먹는다.

사두면 오래 두고 먹을 수 있는 채소도 절약하는 데 한몫을 한다. 양배추가 그중 하나다. 채 썰어서 공장에서 나온 할인 식빵 사이에 끼워 샌드위치처럼 만들어 먹으면 맛있다. 쪄서 쌈을 싸 먹어도 된다. 볶음 요리를 할 때도 조금씩 썰어 넣는다. 무도 큰 걸 사두면 요긴하다. 국을 끓일 수도 있고, 조림을 할 때 넣어도 되고 무생채를 만들어 먹어도 좋다.

상하거나 파손될 염려가 적은 공산품은 손품을 팔고 쿠폰을 모아 온라인으로 구입했다. 쿠폰과 포인트를 받기 위해 나는 매일 쇼핑몰에 출석해 룰렛도 돌리고 빙고도 만들고 퀴즈도 응모했다. 온라인으로 장을 볼 때 괜히 그날 행사하는 상품 같은 걸 둘러보면 안 된다. 필요한 상품을 미리 적어뒀다가 그것만 검색해 장바구니에 담아 결제해야 충동적 소비를 줄일 수 있다. 대형 마트에는 자주 가지 않았다. 집 앞 작은 마트에서 꼭 필요한 것만 샀고, 그것도 싱싱하지 않거나 비싸면 사지 않고 돌아왔다. 다행히 그곳에는 구매욕을 자극하는 물건이 별로 없었다. 아주 가끔 초코우유 한 개를 충동적으로 사는 정도다.

옷은 거의 사지 않는다. 사더라도 SPA 브랜드를, 그것도 세일할 때만 산다. 마치 교복처럼 종윤이 입는 옷은 정해져 있다. 면바지 세 벌과 청바지 두 벌, 긴소매 셔츠 네 벌, 반팔 셔츠 세 벌, 라이트 다운 한 벌, 플리스 집업 두 벌, 그리고 재킷 두 벌과 겨울 패딩 한 벌이다. 입다가 낡으면 세일 때 그걸 대신할 것을 사서 채워 넣는다. 나는 결혼 전 입던 옷을 계속 입는다. 결혼 후 새로 산 것은 위, 아래를 따로 챙겨 입을 필요가 없는 3만 원 미만의 원피스 두 장뿐이다.

종윤이 출근하고 나서 나 혼자 집에 있을 때는 냉난방을 거의 하지 않는다. 에어컨을 약하게 틀면 전기료가 얼마 나오지 않는다는 걸 물론 안다. 하지만 다만 얼마라도 아껴야 한다. 냉동실에서 아이스팩을 꺼내 어깨에 얹어 놓으면 바로 추워진다. 겨울에는 영하 10도 이하로 내려가지 않으면 혼자 있는 집에 난방을 틀지 않는다. 영하 10도 아래로 떨어지면 켜는 이유도 추워서가 아니라 난방 배관의 동파를 막기 위해서다.

이렇게 온 힘을 다해 아꼈는데, 한 달 생활비보

다 많은 돈을 얼굴도 모르는 누군가가 가져가 버렸
다. 통장에 돈이 더 적었다면, 털리더라도 좀 덜 털
렸을 텐데. 괜히 아껴서 남 좋은 일만 한 것 같다.

영우가 내게 전화했다. 경찰서를 다녀오고, 통
장에 잔액이 없는 체크카드 대신 신용카드를 쓰며
더 생활비를 쥐어짜던 중이었다. 그나마 카드가 털
린 일주일 후가 종윤의 월급날이어서 다행이었다.

"선배, 잘 지내요?"

그간의 이야기를 하자니 너무 구차했고, 내가
너무 우스워 보일 것 같았다.

"응. 너는 별일 없어?"

영우는 몇 초간 말이 없다. 그러다 말한다.

"저 회사 그만뒀어요."

뭐라 말해야 하는 걸까. 덮어놓고 잘했다고 하
는 것도 별로 도움이 될 거 같지 않았고, 왜 그랬냐
고 묻기에는 상처가 될 것 같았다. 그렇다고 아무
말도 안 할 수는 없었다. 마음의 여유가 조금 더 있

었다면 좋은 대답을 했을 텐데, 내 입에서 나온 말은 고작 이거였다.

"그래."

뭐가 그렇다는 건지, 내가 말하고도 이상했다.

"할 만큼 하고 나온 거 같아요."

말하는 영우의 목소리는 담담하고 차분했다. 자신의 힘을 다 쏟아부은 사람만이 할 수 있는 말이었다.

"난 선배가 이래서 참 좋더라고요."

뜬금없는 고백에 나는 반사적으로 묻는다.

"뭐?"

"그냥, 그래, 그랬구나, 하니까. 왜 그랬는지, 어떻게 그렇게 됐는지 묻지 않으니까."

체했을 때와 비슷하게 갑갑했다. 나는 그저 물어볼 용기가, 나서서 뭐라고 할 말이 떠오르지 않아서 그런 건데. 묻지 않는 게 아니라 못 묻는 건데. 하지만 역시나 나는 아니라고 말하지 못한다.

"언제 점심 먹자."

"좋아요. 불답천 카페 거리에 가고 싶은 샌드위치 집 있었는데. 다음 주에 거기서 런치 스페셜 먹어요."

영우가 너무 구체적으로 말한다. 나는 선뜻 대답을 못 한다. 한 끼에 2만 원은 넘을 텐데, 점심을 먹는 데 그만큼 돈을 써도 될까? 아직 빠져나간 돈도 돌려받지 못했는데.

"그래, 일정 봐서 한번 보자."

나는 영우가 날짜를 꼭 집어 말하기 전에 이렇게 얼버무리고 전화를 끊었다. 전화를 끊고 보니 문자메시지가 와 있었다. 생활비 통장에 돈이 들어와 있었다. 카드사에서 돌려준 돈이었다. 생각보다 빨리 해결됐다. 혹시 경찰이 카드사에 화를 내줬기 때문일까? 나는 영우에게 메시지를 보냈다.

— 다음 주 목요일 점심 어때?

*

집안일과 치다꺼리의 차이는 뭘까? 둘 사이 경

계는 어디일까? 집안일을 내가 거의 전적으로 하는 것에 대해서는 전혀 불만이 없다. 나는 지금 경제적 소득이 없는 대신 종윤보다 시간이 더 많으니까. 집안일 자체도 할 만하다. 회사 다닐 때처럼 매일 아침 일어나면 수첩에 그날 할 일을 적는다. 그리고 하나씩 해나가면서 지운다.

그런데 집안일이 회사 일과 다른 건 수첩에 적지 않은 일들이 많다는 거다. 구체적으로 적기에 좀스러운데 눈에 보이니 해야 하는 일들이다. 오늘 아침, 변기 커버 위로 점점이 튄 갈색 얼룩을 락스로 지웠다. 어제 변기를 포함한 욕실 청소를 했었다. 그런데 남편의 대변 자국을 수시로 지우는 것도 집안일인가? 욕실에서 나와서는 휴지통이 보였다. 종량제 봉투를 끼워둔 휴지통이 차면 비우고 봉투를 가는 건 당연한 집안일이다. 그런데 주말 동안 남편이 공간이 많이 남아 있는 종량제봉투 위로 쓰레기를 탑처럼 아슬아슬하게 쌓아놓기만 한 것을 손으로 꾹꾹 눌러 넣는 것도 집안일에 포함될까? 그러고 나니 다용도실에서 뭔가 썩은 냄새가 약하게 풍긴다. 재활용 바구니 안에 구겨진 우유 팩에서 남은 우유가 흘러나와 썩은 거였다. 재활용품을 분리해 버리는 건 당연히 집안일이다. 그런데 남편이 찌그러뜨려 던져놓은 우유 팩을 다시 펴서 헹구고, 우유가 흘러나와 썩은 내가 나는 재활용 바구니를 씻어서 말리는 것도 집안일인 걸까? 이제 좀 한숨 돌리며 빨래를 개켰다. 개킨 빨래를 서랍장에 넣으려다가 아침에 남편이 입고 갈 옷을 찾느라 헤집어놓은 옷들을 다시 꺼내 정리해 넣었다. 빨래를 개켜 넣는 것 말고, 헤집어 구깃거리게 쑤셔 넣은 옷들을 다시 개켜 넣는 것도 집안일에 들어가는 걸까?

애초에 제대로 했다면, 혹은 하지 않았다면 내가 다시 손댈 일 없는 이런 일들도 집안일이라 생각하고 묵묵히 해야 하는 건지, 나는 한 번씩 의문이 들었다. 그럴 때마다 속에서 뜨거운 올리브 열매 한 알이 불쑥 튀어 오르는 것 같았다. 종윤이 신체적, 정신적 능력이 부족해서 그러는 게 아니라는 사실이 나를 더 지치게 했다.

그나마 다행인 점은, 종윤은 말을 하면 고친다는 거다. 내가 한번 말하면 그다음에는 대부분 그러지 않았다. 그런데 여기에도 문제가 조금 있다. 정말 내가 한 말만 따른다는 거다. 변기 커버 위의 갈색 얼룩에 대해 말하면 아마 더 이상 갈색 얼룩은 생기지 않을 거다. 하지만 바닥에 노란 액체 자국은 만들 것이다. 쓰레기를 쌓지 말고 꾹꾹 눌러 담으라고 한다면, 계속 누르다가 종량제 봉투를 터트릴지도 모른다. 우유 팩은 깨끗이 씻어 내놓겠지만 두유 팩 같은 건 그대로 찌그러뜨려 버릴 거다. 서랍 속 옷을 잘 정돈하더라도 옷장에 걸린 옷들은 마구잡이로 꺼내고 넣어서 어깨 한쪽이 옷걸이에서 빠지거나 팔 한쪽이 구겨지는 옷들이 여전히 생길 거다.

또 고칠 부분을 말하면 종윤은 고칠 거다. 그렇게 몇 년이 더 지나면 좀 나아지려나? 그러다 내가 너무 유별나게 스트레스를 받는 건 아닐까, 스스로를 의심한다. 집안일하는 김에 좀 더 손 가는 일을 할 수도 있는데. 종윤은 물론 나 스스로를 괴롭히고 있는 건 아닐까? 그러다 다시 아니, 그러니까 애초에 이렇게 해놓지 않았으면 내가 이런 고민을 하지 않을 텐데, 라고 생각한다. 다시 처음부터 도돌이표다.

생각의 굴레를 몇 번 똑같이 돌다 보니 저녁 4시가 되었다. 오늘 저녁에 고등학교 동창 희주의 청첩장을 받기로 했다. 서나는 단체 대화방에 야근 때문에 못 간다고 했다. 자영과 지민은 나온다고 했다. 서나가 나오지 않는다고 해서 나도 빠질까 하다가 마음을 고쳐먹었다. 희주는 늦게 오긴 했지만 내 결혼식도 와줬으니까. 나도 청첩장 받고, 결혼식도 가야지. 그리고 약속 장소가 내가 좋아하는 곳이다. 희주 회사 근처인 서울 종로의 중식당이다. 그곳 군만두와 양장피를 생각하니 입에서 침이 고인다. 얼마 만에 가는 거지? 회사 그만두고 미진 선배랑 두 번 정도 갔던가? 회사 다닐 때는 한 달에 세 번은 그곳에 갔다. 그리고 희주가 지금 다니는 종로의 그 회사 면접을 봤다며 연락했을 때 내가 저녁을 사줬던 곳이기도 하다.

고등학교 때까지, 아니 대학을 각자 다른 곳으로 갔을 때에도 우리 다섯은 종종 만났다. 하지만 대학을 졸업할 무렵부터 우리는 조금씩 더 친한 사람이 생겼다. 나는 고등학교 다닐 때부터 서나와 더 많은 걸 공유했으니 새삼스러운 일은 아니다. 지민은 희주와 자주 만나는 것 같았다. 자영은 우리 중 가장 일찍 결혼해서 아이 셋을 키우느라 바빴다. 자영은 우리보다 어린이집 아이 엄마들과 더 친한 거 같았다. 그렇게 우리는 1년에 한 번 정도 다 같이 얼굴을 보다가 2년 전부터는 아예 만나지 못했다. 약속을 잡으려 할 때마다 모두 다 되는 시간을 맞추기 어려워서 몇 번 시도했다가 포기했다.

광화문까지 가는 광역버스를 탔다. 늦은 오후

불답에서 광화문까지 가는 버스는 텅텅 비어 있었다. 좀 있으면 퇴근 시간이지만, 그때도 불답에서 광화문까지 버스를 타는 사람은 별로 없을 거다. 보통의 퇴근 방향과 반대니까. 붐비지 않아 좋아하다가 버스 방향처럼 내 인생도 남들과 반대로 가는 것 같아 기분이 가라앉았다. 광화문에 내릴 때쯤 내 기분은 종윤이 구겨버린 우유 팩보다 더 찌그러져 버렸다. 분명히 벨을 눌렀는데, 기사 아저씨는 앞문으로 사람을 태우기만 한다.

"아저씨, 여기 내려요."

늦게 열린 뒷문으로 뛰어내리듯 내린다. 아직도 줄을 선 사람들은 버스를 타고 있었다. 나만 퇴근길 도심의 분위기와 동떨어진 것 같았다.

희주는 우리 중 세 번째로 결혼하는 거였다. 희주가 결혼하면 다섯 중 기혼자가 셋으로 더 많아진다. 청첩장을 받으며 나는 희주에게 축하한다고 했다. 진심이었다. 희주는 대학 때부터 사귀던 남자와 결혼하고 싶어 했다. 남자는 결혼 생각이 없는 것 같았는데 결국 결혼을 한다. 고맙다며 짓는 희주의 미소가 능숙해 보인다. 생긋 웃는 근육이 단단하게 발달했다. 결혼을 준비하면서 희주는 얼마나 많은 미소를 지었을까? 양가 인사드릴 때, 상견례, 스튜디오나 스냅 촬영을 할 때도 미소를 지었겠지. 평생 지었던 미소보다 더 많은 미소를 결혼 준비하면서 지었을 거다. 그래서 습관적으로 내게도 미소를 지어 보였겠지. 나도 그랬던 것 같다. 웃는 데 쓰는 근육이 가장 발달했던 시기는 결혼 직전이었다. 지금은 잘 쓰지 않아 다 퇴화했지만.

아무도 양장피나 군만두를 주문하지 않았다. 나 혼자 먹겠다고 양장피를 주문하기는 좀 그랬다. 나는 군만두를 먹겠다고 했다.

"다른 건? 면이나 밥은?"

"괜찮아. 그거면 돼."

음식을 기다리는 동안 서로의 근황을 이야기했다. 희주의 결혼 준비 이야기가 주된 주제였다.

희주는 오늘 이바지 음식을 계약했다고 했다. 자영은 막내가 유치원에 들어갔다고 한다. 지민은 차를 계약했다. 계약 후 꽤 오래 기다리는 중인데, 아마도 세 달 정도 뒤에 차가 나올 거라고 했다. 시승회를 하자고 했다. 나는 별로 할 말이 없었다. 그렇다고 체크카드가 도용된 이야기나, 그래서 경찰서를 다녀온 이야기, 집안일을 하면서 든 생각 같은 걸 말하기도 싫었다. 다른 애들 얘기에 고개만 끄덕이던 내게 지민이 물었다.

"지수는 요즘 어디 다녀?"

올 것이 왔다.

"아직 쉬어."

"결혼하면 쉽지 않지."

자영이 다 안다는 듯 말했다. 대학 졸업도 전에 결혼해서 회사를 다녀본 적도 없고, 아이 없는 기혼 구직자가 되어본 적도 없으면서. 그때 군만두가 다른 음식보다 먼저 나왔다. 나는 또 고개를 끄덕이며 군만두를 쳐다봤다. 다른 음식이 나오면 같이 먹어야 하나, 싶은데 지민이 내 군만두를 한 개 집어서 자기 입에 넣었다. 슬며시 화가 났다. 나는 아직 젓가락을 집지도 않았는데.

"쉰 지 얼마나 됐지? 결혼 전에 그만뒀잖아."

"만으로 3년 좀 넘었지."

"그 유명한 애 없는 전업이구나. 너도 경단녀네."

내 군만두를 집어 입에 넣으며 희주가 말했다. 왜 얘네는 내가 주문한 것을 집어 먹는 걸까? 자영은 희주 어깨를 살짝 치며 농담처럼 말했다.

"에이, 나 정도는 돼야 경단녀지. 지수는 아직 아니야."

자영도, 희주도 경단녀라는 개념이 뭔지 정확히 모르는 것 같다. 자영은 단절될 경력 자체가 없었다. 그리고 나의 퇴사는 결혼이나 임신, 출산, 육아 같은 이유 때문이 아니었다.

곧 탕수육과 고추잡채, 짜장면 두 개와 짬뽕 한 개, 그리고 맥주가 나왔다. 양장피는 주문하지 않았으니 없었다. 양장피에 고량주가 없다니. 탕수육을 집어 먹은 자영이 말했다.

"나는 이렇게 바삭거리는 게 좋던데. 딱 내가 좋아하는 거다."

고추잡채를 먹은 지민이 말한다.

"맛있다. 희주야, 장소 잘 잡았다."

희주는 씨익, 웃으며 말했다.

"그치? 여기 다 맛있어. 너도 좀 먹어봐, 지수야."

다 맛있다면서 제일 잘하는 양장피는 왜 주문을 안 한 걸까? 그리고 너도 좀 먹어봐, 지수야, 라고 할 때 마치 처음 온 사람한테 말하는 듯한 표정을 지으며 말했다. 그리고 자영이 내 군만두를 집어 먹었다.

"지수 아기 소식은 없어? 놀 때 얼른 애나 하나 낳아. 그러다 희주한테 역전당한다."

아이를 셋 낳아 기른 자영은 아이 낳는 걸 뭐라고 생각하는 걸까? 아이 낳는 것이 시합도 아니고 역전이라는 표현이 이상했다. 놀 때 얼른 낳으라는 것도 무슨 숙제 해치우라는 듯해서 더 괴상했다.

나는 두 개 남은 군만두를 입에 쑤셔 넣고 휴대전화로 희주에게 11만 원을 보냈다. 축의금은 10만 원이면 충분하겠지. 희주는 내 결혼식에 와서 5만 원을 내고 식사까지 했었다. 이 집 군만두는 7000원이고, 오늘 세 개가 모자란 군만두 한 접시를 먹은 데에 만 원이면 충분하고도 남았다. 내가 청첩장을 주는 식사 자리에서 희주가 먹었던 2만 1000원짜리 스테이크파스타는 내가 결제했다. 그런 걸 모두 따지고 보면 희주가 손해는 아니었다. 희주는 떠드느라 입금 알림이 온 줄도 모른다.

"희주야."

희주는 또 그 미소를 지으며 나를 쳐다봤다.

"지금 축의금 보냈어. 결혼식 못 갈 거 같네. 만 원은 오늘 식사 값. 나는 그만 일어날게. 결혼 축하해."

최지수(32세 11개월, 주민자치센터 강좌 수강생)

응급실은 고요하다. 종윤이 실려 왔던 때처럼. 정
확히 기억이 나진 않지만 그때처럼 급박하지는 않
았다. 나를 흔들면서 괜찮으세요? 라고 몇 번 물어
본 구급대원이 부축해 천천히 차에 태웠다. 멍하니
차를 타고 있다 보니 응급실에 도착했다.

　　아직 종윤은 오지 않았다. 내가 멀쩡하게 누워
있는 걸 보고 의사나 간호사가 확인하러 오는 횟수
도 줄었다. 아까는 어지럽고 아득하니 사람들 말도

146

잘 들리지 않았는데. 조용히 혼자 있자니 살짝 졸렸다.

오늘은 2주 만에 밖에 나온 날이었다. 요즈음은 아침에 눈을 떠도 계속 침대에 누워 있었다. 그러다 보면 종윤이 퇴근했다. 종윤은 내가 종일 계속 침대에 있는 줄 몰랐다. 아침에는 잠이 덜 깬 침대에 있는 거라 생각하고, 밤에는 자려고 먼저 잠자리에 누운 줄 알았다. 퇴근하고 깜깜한 집에 불을 켜며 들어온 종윤은 10시인데 벌써 자냐고 물으면서 방에 들어왔다.

멍하게 있으면 시간이 흘러갔다. 밝아졌다가 금세 어두워졌다. 종윤이 침대에서 나가 씻고 출근하고 다시 퇴근해 씻고 침대에 눕는, 그리고 그다음 날 다시 일어나서 씻으러 가는 그 시간이 빠르게 흘렀다. 세상이 몇 배속으로 빨리 돌아가는 것 같았다. 배도 별로 고프지 않았다. 가끔 입이 바싹 말라 물을 조금씩 마셨다. 허기가 심하게 지면 생라면, 냉동 떡국떡 등 되는대로 입에 넣었다. 먹는 것이 없으니 화장실 가는 횟수도 줄었다. 가끔 걸려 오는 전화를 받지 않았다. 받지 않았다기보다 가만히 전화가 울리는 걸 들었다.

종윤이 눈치챈 건 내가 그렇게 지낸 지 일주일이 조금 넘어서였다. 주말에 아침을 먹으려던 종윤은 냉장고를 열어보고 내게 물었다. 대체 뭘 먹고 사는 거야? 나는 대답하지 않았다. 대답하기 싫었던 것도 아니고 대답하기 곤란해서도 아니었다. 이 것도 전화를 받지 않는 것처럼 그냥 지나가게 두었다. 종윤은 냉장고에 조금 남아 있던 시들거나 썩은 것들을 꺼내 버렸다. 요즘 잘 안 씻어? 종윤은 욕실에 클렌징폼이나 바디워시가 자신이 두고 간 그대로 있다고 했다. 이것도 대답하지 못했다. 입을 열어 목소리를 내는 것이 너무 힘들었다. 몸은 물먹은 두꺼운 솜이불처럼 꿈쩍할 수 없이 무거웠다. 아주 무거운 몸 안에 갇혀서 빨리 감기 중인 세상을 흘려보내고 있었다.

어디가 아픈 거야? 나는 대답하지 않았다. 종윤은 차 키를 챙겨서 밖으로 나갔다. 그러더니 양손 가득 장을 봐 왔다. 그리고 주방에 서서 달그락거리는 소리를 냈다. 아득히 멀리 들리는 것 같았다. 종윤이 내 앞에 닭죽을 내밀었다. 오랜만에 맡는 음식 냄새가 거슬렸다. 닭에서 비린내가 나는 것 같았고, 쌀 냄새도 싫었다. 하지만 나를 계속 지켜보고 서 있는 종윤 때문에 억지로 입에 넣었다. 종윤이 이런 걸 할 줄 아는구나. 변기는 더럽게 쓰면서, 쓰레기는 제대로 못 버리면서, 분리수거는 제대로 못 하면서.

종윤은 이틀 동안 먹을 걸 침대 옆으로 가져왔다. 그리고 내가 먹는 걸 지켜봤다. 나는 억지로 음식을 밀어 넣었다. 월요일이 돼서 출근하는 종윤은 내게 꼭 병원에 가보라고 했다. 대체 어느 병원에 가야 하는 걸까? 아니, 그보다 내가 침대와 욕실을 제외한 곳으로 나갈 수나 있으려나. 이렇게 무거운 몸을 일으켜서 현관 밖으로 나갈 수나 있는 걸까?

오늘은 억지로 몸을 일으켜 불답천에 나왔다. 불답천 산책로 우레탄 바닥에 발을 딛기까지 꽤 애를 써야 했다. 우선 침대에서 몸을 일으키는 것이 무척 힘들었다. 온 힘을 다해야 했다. 겨우 일어나서 물을 한 컵 마시고 화장실을 다녀온 다음에, 다시 힘을 짜내 옷을 갈아입었다. 몸이 너무 무거웠다. 옷을 입으니 양말과 신발 신는 건 그나마 나았다. 집에서 나와 불답천까지 걷는 건 조금 더 나았다.

불답천은 완연한 여름이었다. 조금 어지러운 것 같았다. 오랜만에 밖에 나와서 그렇겠지. 오늘 아무것도 먹지 않아서 그런 걸지도 모른다. 쭉 뻗은 산책로 양옆의 나무들은 잎이 우거져 터널처럼 그늘을 만들었다. 그곳을 통과해 걷는데 아득했다. 어딘가로 빨려 들어가는 느낌이었다. 점점 더 어지러워졌다. 다리에 힘이 풀렸다. 귀가 찢어져라 울던 매미 소리도 멀리서 들리는 것 같았다.

정신을 차리고 보니 나는 주저앉아 있었다. 누

군가가 내 등을 두드리며 괜찮으세요? 라고 물었다. 곧 119가 올 거예요. 그리고 그 사람은 내 팔과 다리를 주물렀다. 고맙다는 말도 못 하고 나는 앉아만 있었다. 그러다 119 구급대가 왔다. 내 이름과 이런저런 걸 물었다. 나는 대답을 못 했다. 구급대원이 체온을 재고 손목을 잡아봤다. 또 분주히 뭔가를 확인하고 적고 다시 내 몸에 뭘 붙였다. 온열 질환은 아닌 거 같네요. 눈앞이 핑 돌았다. 눈을 감아버렸다.

그렇게 나는 응급실로 왔다. 잠깐 졸다가 눈을 뜨니 종윤이 와 있었다.

"그래도 자는 걸 보니 아프진 않은가 봐."

어디가 아픈 건 아니었다. 그저 힘이 없고 어지러웠을 뿐이다. 의사가 왔다.

"피검사 한 게 나왔는데요, 다른 건 괜찮은데, 혹시 갑상선 질환 앓고 계신가요? 진단받으셨던 적이 있거나 약을 드시거나."

"아뇨."

나 대신 종윤이 답했다.

"갑상선 기능 항진증이 의심되거든요."

종윤이 물었다.

"그럼 그것 때문에 그런 거예요?"

"산책로에서 쓰러지셨다고 했는데, 그 정도로 수치가 심하지는 않거든요. 어쨌든 진료를 꼭 보세요."

나는 내분비내과 외래진료를 예약하고 퇴원했다.

"약을 좀 드셔야겠는데. 피곤한 건 어때요? 가슴이 두근거리거나 그런 건요? 갑자기 살이 빠지거나 그러진 않았어요?"

내분비내과 교수는 흰머리가 많고 눈을 자주 깜빡였다.

"쓰러지기 전에도 잘 못 먹고 침대에서 거의 못 일어났어요."

종윤이 내 옆에서 대신 이야기했다.

"보통 식사량은 늘어도 살이 빠질 텐데. 이 정도로 침대에서 못 일어나진 않을 거고. 사람마다 다르게 느끼긴 하지만. 본인이 말해보세요. 어때요?"

"그냥 몸도 무겁고."

"응급실 오기 전에는요? 다리 힘이 풀렸어요?"

"좀 어지러웠어요. 핑 도는 것처럼."

의사는 눈을 여러 번 깜빡이며 흐음, 소리를 냈다. 내 목을 만져보고 눈을 살펴봤다.

"일단 심한 건 아니니까 약을 드시고요. 말씀하신 증상은 항진증이랑 안 맞거든요. 심하게 꼼짝하기가 힘들면 다른 병은 아닌지 확인해 봐야겠네요."

약을 먹으면서 여러 과를 전전하며 여러 가지 검사를 했다. 평소의 나 같았으면 무슨 병일지 조마조마하며 매일을 애태웠을 텐데 지금은 그렇지 않다. 아무 생각 없이 종윤을 따라 병원에 가서 검사를 했다. 좀 귀찮기는 했지만 별말 없이 시키는 대로 했다.

별다른 이상은 없다고 나왔다. 마지막 검사와 진료를 했던 신경과에서 별 이상이 없다고 하면서 정신적 질환일 수 있다고 했다. 그렇게 나도 종윤이 진료받던 정신건강의학과로 갔다. 가벼운 우울증이라고 했다. 이 정도가 가벼운 우울증이면 대체 중한 우울증은 어떤 걸까, 라는 의문이 들었다. 나는 내분비내과 약과 정신건강의학과 약을 먹게 됐다.

"하고 싶은 거 없어? 돈 생각하지 말고."

종윤이 물었지만 딱히 하고 싶은 건 없었다. 여행을 가거나 비싼 걸 사고 싶지 않았다. 뭔가를 배워보면 좋겠지만 딱히 뭘 배워야 할지 몰랐다.

"잘 생각해 봐. 억지로 생각해 내려고 스트레스 받지는 말고. 천천히."

배우고 싶은 건 없었다. 딱히 배우고 싶지도 않은데 돈만 쓰고 잘하지도 못하면 그게 더 괴로울 것 같았다. 대부분의 취미를 배우는 곳에서는 친목 활동이 필수로 따라온다는 것도 부담스러웠다.

그래. 걷기나 하자. 혼자 저녁을 먹고 불답천에 나갔다. 그사이 조금 선선해졌다. 정자 옆에는 주민자치센터에서 개설한 강좌 안내 현수막이 걸려 있었다. 나는 현수막 사진을 찍었다. 그리고 몇 미터 더 걷다가 집에 들어왔다.

샤워하고 소파에 누워 폰으로 불답천에서 찍은 현수막 사진을 봤다. 볼링, 탁구, 에어로빅. 몸으로 하는 건 자신 없다. 한두 번 나가고 포기할 것 같다. 서양미술 강좌, 동양철학 강좌. 글쎄. 딱히 배우고 싶지는 않다. 멍하니 있다가, 혹은 졸다가 올 것 같다. 홈패션, 손바느질. 검색해 보니 둘 다 실용적이겠다. 둘 중 어떤 걸 해야 할지 결정하기 힘들다. 내일 아침 일찍 주민자치센터에 가서 결정하고 수

강 신청해야지.

아침 9시에 맞춰 주민자치센터로 갔다. 홈패션과 손바느질 중 어떤 걸 해야 할지 물어보고 결정해야지 싶었는데, 그럴 필요가 없었다. 홈패션은 이미 마감이었다. 손바느질 강좌 비용은 한 달에 3만 원, 재료비는 별도였다. 현수막에 개강 날이 써 있지 않아서 몰랐다. 그런데 오늘이다.

"이따가 10시에 시작인데, 바로 들으시겠어요?"

"아무 준비도 안 하고 왔는데요."

"첫날이니까 선생님께서 빌려주실 거예요."

바늘과 실, 가위 같은 용품은 빌릴 수 있을지 모른다. 그런데 준비된 마음은 빌릴 수가 없는데. 수업이 끝나고 다시는 오지 않겠다고 다짐하며 나오면 어쩌지?

"한 층 올라가세요. 올라가서 오른쪽이요."

접수 담당자가 재촉한다. 나는 얼결에 한 층 올

라와 오른쪽으로 갔다. 슬쩍 보고 안 될 거 같으면 집으로 가야지. '다목적실1'이라고 써진 공간에는 둥그런 탁자가 세 개 있었고 둘레로 의자가 있었다. 이미 뭔가 재미있는 이야기를 하는 것 같은, 손은 바쁘게 뭔가를 만들고 있는 나이 지긋한 사람도 두 명 있었다. 아, 눈이 마주쳐 버렸다.

"새로 왔어요? 이리로 와요."

나이가 지긋한 두 명 중 한 명이 선생님인 줄 알았는데 그 뒤의 아주 젊어 보이는 사람이 선생님이었다. 나보다도 젊어 보였다. 선생님은 처음 오셨냐며 간단한 설명을 했다. 앞에서 수업을 하면 다 같이 따라 하는 방식이 아니었다. 각자 자신의 수준에 맞게 한 작품씩 선생님이 알려주는 대로 만들면 됐다. 나는 선생님이 시키는 대로 따라서 바늘방석을 만들었다.

"아주 잘하시네요. 선택하신 천 색감도 예뻐요. 손도 빠르시니까 금방 배우시겠어요."

바늘방석을 완성하자 선생님이 폭풍 칭찬을 했다. 잘했다고 하기에는 바늘땀 간격이 너무 들쭉날쭉했다. 감침질한 천도 약간 울었다. 색감이 좋다고 하기에는 그저 선생님이 펼친 천 중에 아무색이나 선택했을 뿐이었다. 내가 조금만 더 외향적이었다면, 다른 사람들과 얘기를 하느라 오늘 안에 완성하지 못했을지도 모른다. 한 시간 동안 잡담은 일절 하지 않고 꼬박 몰입해서 겨우 만든 거였다. 손이 빠르다고 하기에도 민망했던 게 나처럼 오늘 처음 왔다는 다른 사람은 내가 천 조각을 이어 붙일 때 이미 솜을 넣어 꿰매고 있었다.

최근 몇 년간 들었던 칭찬보다 손바느질 수업 첫 시간에 들은 칭찬이 더 많은 것 같다. 손바닥만 한 바늘방석을 들고 집에 가면서, 나는 다음 주를 기다렸다.

두 번째 수업에서는 귀주머니를 만들기로 했다. 선생님은 귀주머니가 처음 하는 사람에게는 조금 까다롭다며 다른 걸 만들어도 된다고 했다. 조금 어렵더라도 금방 할 수 있을 거다. 지난주에도 잘했으니까. 일주일 사이에 자신감이 붙었다.

나는 금박이 박힌 광택 나는 검정 천을 골랐다. 안감으로는 자주색 얇은 천을 선택했다. 선생님은 여러 사람을 각각 지도해 줘야 했기 때문에, 선생님이 바쁠 때는 잠깐 다른 사람들이 하는 모습을 구경하며 기다렸다. 내 옆자리에 앉은 사람은 아주 큰 조각보를 만들고 있었다. 진하고 옅은 갈색과 노랑, 파랑 천을 이어서 만들고 있었는데, 내가 여름에 덮는 홑겹 이불보다 훨씬 큰 것 같았다.

"이거, 내가 다 염색한 거야."

내 시선을 느꼈는지 돋보기를 끼며 조각을 잇던 옆자리 사람이 말했다. 뭐라고 답해야 하나 고민됐다. 멋진데, 멋지다고만 말하기에는 좀 뻔한 것 같고. 건너편 테이블에서 노리개 만드는 법을 알려주던 선생님은 우리 쪽을 보고 말했다.

"그거 대회 출품하실 거예요. 저보다 미희 님

실력이 더 좋으세요."

　겨우 감침질을 배운 나와 천 염색까지 직접 하는 미희 님이 나란히 앉아 있구나.

　"귀주머니 만들어요? 내가 알려줄까? 그거 다음에 어떻게 하는지."

　선생님께 물어보려고 기다리던 중이었다. 미희 님은 내 손에 든 걸 보고 이렇게 말했다.

　"바늘땀이 좀 일정해야지 되는데, 손이 야물진 않네. 이렇게, 아니, 이렇게, 응, 맞아요, 그리고…."

　어렵다. 잘 모르겠다. 주머니인데, 그냥 하면 될 거라고 생각했는데.

　"자, 이렇게 됐잖아. 그러면 여기서 이렇게요. 이쪽에 요렇게."

　나는 이해하기를 포기하고 그냥 미희 님이 시키는 대로 한다. 혼자서는 다시 귀주머니를 만들지 못할 거 같다. 내가 멍하니 따라 하는 걸 본 미희 님이 말했다.

　"어렵나? 이게 어려우면 어떡하지? 더 복잡한

게 많은데."

자신감이 점점 줄어든다.

"아, 아니. 여기, 이거. 아니, 그게 아니라."

울컥 올라오는 울적한 마음을 눌러본다. 나는
여기 잘하러 온 게 아니니까. 선생님이 서둘러 내
자리로 왔다.

"이제 제가 알려드릴게요. 미희 님, 수고하셨어
요."

선생님이 다시 설명해 준다. 아까와 다르게 이
해가 됐다.

"끈 꿰는 건 다치실 수도 있어서, 제가 꿰드릴
게요. 매듭 끈 골라보시겠어요?"

다칠 수 있으니 해주겠다는 건 유치원에서 듣
고 처음인 것 같다. 내가 붉은색을 고르자 선생님
은 색 선택을 참 잘한다고 또 칭찬했다.

"아주 잘하셨어요. 이제 이렇게 하면 완성이에
요."

바느질을 끝내고 다림질까지 하니 반듯하고

귀여운 귀주머니가 완성됐다. 귀엽다. 손바닥보다 조금 작다. 주민자치센터를 나오면서 가방에 달까 하다가 가방 안에 조심히 집어넣었다. 아끼던 키링이 어느새 고리만 남고 떨어졌던 기억이 떠올랐기 때문이다.

"저기, 안녕하세요."

누군데 뒤통수에다 대고 인사를 할까? 돌아보니 나와 같은 날 새로 왔다고 했던 사람이었다. 동안인 건지 실제로 어린 건지 아주 앳되어 보였다. 우린 서로 멀리 앉아 있어서 고개만 숙여 인사했을 뿐 말을 나눠본 적은 없었다.

"저는 김다솜이에요. 저도 새로 왔어요."

"아, 안녕하세요."

"지난주에 인사하려고 했는데 끝나고 빨리 가버리시더라고요."

지난주에 첫 수업을 듣고는 선생님 칭찬에 취해서 그랬을 거다.

"아, 죄송해요. 저는 최지수라고 해요."

"시간 괜찮으시면 커피 한잔하실래요?"

시간을 봤다. 11시 12분. 곧 점심시간인데. 자리 잡고 커피를 마시면 거의 12시가 다 될 거 같았다. 혼자 먹는 점심이라 시간을 꼭 지켜야 하는 건 아니었지만. 내가 주저하는 듯 보였는지 그녀가 다시 말했다.

"바쁘시면 다음에 해요. 그냥 여쭤본 거예요."

"그게 아니라… 커피 말고 간단히 점심은 어떠세요?"

"둘 다 먹을 데가 생각났어요."

다솜은 불답천 카페 거리에서 한 골목 더 들어와 있는 아주 작은 와플집으로 나를 데리고 갔다. 와플은 보통 파는 것보다 약간 얇고 바삭해 보였다. 다솜은 나와 동갑이었고 불답시 토박이였다. 고등학교까지 이곳에서 나온 다솜은 대학에서 텍스타일 디자인을 전공했다.

"아, 그래서 바느질을 잘하셨구나."

"원단에 그림 그리는 일 하는 거예요. 바느질은 저도 처음 배워요."

그래도 나보다는 손으로 만드는 뭔가를 잘하겠지. 그리고 다솜은 한국계 솔티비아인이 대표로 있는 솔티비아 원단회사에서 원단 패턴 디자이너로 일하다가 허리 디스크가 터져 그만두고 한국에 돌아온 거였다. 솔티비아라는 말이 나왔을 때 나는 조금 놀랐고, 그걸 눈치챈 다솜이 솔티비아를 아냐고 물었다. 내 친구의 남자친구가 그곳에 산다고 하자 아는 사이일 수도 있겠다고, 솔티비아 한인 사회가 꽤 좁다고 했다.

다솜은 어릴 때부터 불답 신도시에서 살았던 토박이답게 불답시 이곳저곳의 이야기를 해줬다. 시장 만두 맛집, 상비약 싸게 살 수 있는 약국, 옷 수선 잘하는 곳부터 불답천이 한가한 시간대, 아파트 단지마다 정해진 요일에 오는 호떡 트럭 이야기 같은 것들. 우리는 다음 주 수업 때 결석하지 말자고 다짐하며 헤어졌다. 다음 주는 끝나고 점심을

먹고 불답천을 걷다가 저녁까지 먹고 들어가자고
했다. 날씨가 좋다면이라는 조건을 단 느슨한 약속
이었다.

　　손바느질 수업 이틀 전, 서나에게서 메시지가
왔다. 불답시에 방을 구한다는 거였다. 집도 아니
고 '방'을 구한다니. 서나의 부모님은 살던 집을 파
셨다. 그리고 할머니 댁에 갈 거고 서나는 혼자 직
장을 다니며 살아야 한다.
　　그런 집은 웬만하면 계속 들고 있는 게 돈 버는
건데. 나는 그 말을 하려다가 말았다. 서나 부모님
이 알아서 하셨겠지. 좀 이상하긴 했다. 우리 부모
님도 귀농을 했지만, 귀농하기 전에 꽤 오래 관련
강좌와 박람회 같은 곳에서 정보를 모았다. 살 동
네를 직접 보러 다니는 데만 1년이 걸렸고, 집을 사
는 데도 1년이 넘게 걸렸다. 물론 서나네는 할머니
댁으로 들어가는 거니까 이런 과정을 다 생략했다
고 해도 너무 갑작스럽다.

— 근데 왜 이리로 와? 이왕이면 직장 앞에 얻지.

— 너무 비싸ㅜㅜ

하긴. 그렇겠네. 여기서 석윤구청까지 한 번에 가는 버스도 있으니까.

— 너 아는 부동산 있어?

나는 신혼집을 구했던 중개사 연락처를 보냈다. 예산이 궁금했지만 묻지 않았다. 대신 나는 서나에게 일정을 물었다.

— 언제까지 구해야 해?

— 한 달도 안 남았어. 정확히는 29일. 모레 오후에 시간 돼? 혼자 부동산 가본 적이 없어서.

다솜과 점심 먹고 산책하고 저녁까지 먹겠다는 약속은 지키지 못할 것 같다. 나는 다솜에게 메시지를 보냈다.

— 수업 끝나고 일이 생겨서 같이 점심 못 먹을 거 같아. 미안해.

세 번째 시간에는 누비버선을 만들기로 했다. 바느질 연습이 많이 될 것 같다. 버선 모양으로 자른 흰 천과 솜이 고정되도록 듬성듬성 시침질을 했다. 그리고 그사이를 촘촘하게 바느질한다. 하다 보니 좀 많이 쭈글거렸다. 솜도 밀려 나오는 것 같았다. 느슨하게 했더니 누비 모양이 선명하지 않고 흐려진다. 내가 해온 누비 자국은 쭈글거렸다가 땀이 보이지 않을 정도로 느슨했다가 땀 간격이 넓어졌다 좁아졌다 엉망이었다. '적당히'라는 건 어려운 일이다. 바느질도 그렇고, 다른 일도 그렇고. 남의 말에 예민한 것과 무심한 것의 중간, '적당히'는 어느 정도일까? 스스로를 썩 괜찮은 사람이라고 생각하는 것과 아직도 직장을 못 구했다고 스스로를 몰아세우는 것은 어느 만큼 해야 적당한 선일까? 계속 연습하면 적당히 되려나? 바느질도, 내 삶도.

다솜은 오늘 바느질을 하지 않고 매듭만 배웠다. 나는 남은 끈을 이리저리 돌리며 꼬아보는 다솜과 같이 건물을 나왔다. 다솜이 물었다.

"무슨 큰일 생긴 건 아니지?"

"응. 친구가 오기로 해서."

말하고 보니 다솜이 오해할 것 같다. 자신과 약속을 하고는 다른 친구와 약속을 잡는다고. 그렇다고 너무 길게 말하는 건 과한 것 같고. 역시 적당히는 어렵다. 그래도 다솜이 마음 상하는 것보다는 나으니까.

"친구가 갑자기 이 동네에 집을 구해야 해서. 같이 집 구하러 가야 하거든."

다솜은 피식 웃으며 말했다.

"그렇게 구구절절 설명 안 해도 돼. 그럼 우리는 다음 주에 보자. 근데 저분이야? 친구분."

주민자치센터 앞 벤치에 앉아 있던 서나가 일어나서 내게 손을 흔들었다.

"응, 맞아. 다솜아, 진짜 미안해. 다음 주에 보자."

다솜은 그 와중에 서나에게 꾸벅 인사했다. 서

나도 내게 다가오다가 다솜에게 고개 숙여 인사했
다.

"안녕하세요. 저는 김다솜입니다. 지수랑 바느
질 수업 같이 들어요."

"네, 저는 박서나라고 합니다."

"이 동네 집 구하신다고. 곧 같은 동네 주민 되
겠네요."

"그랬으면 좋겠어요. 오늘 방을 구해야 할 텐
데."

서나가 이사 올 집을 계약했다. 빚과 다달이 나
가는 월세를 무서워하던 서나는 자신이 낼 수 있는
최대금액에 맞춰 전세를 구했다. 그리고 오후 4시
40분에 우리 집 근처 분식집에서 늦은 점심 겸 이
른 저녁을 먹었다. 떡볶이와 순대, 라면을 주문했
다. 서나는 미옥 언니가 떡볶이집을 팔았다는 소식
을 전했다.

"맛은 비슷한 것 같아. 우리보다 조금 나이 있

어 보이는 부부가 새로 맡았더라고."

그러고 보니 미옥 언니에게 해외 직구로 드레스를 주문해 주고 나도 따로 연락해 본 적이 없었다. 내가 휴대전화로 미옥 언니에게 전화하려고 하자 서나가 말했다.

"없는 번호라고 나오더라. 혹시나 해서 메시지 보내놨는데 읽지도 않고."

언니와 꽤 친한 사이라고 생각했는데 아는 게 없다. 언니가 가게를 팔아버린 것도 몰랐다. 언니는 장사 때문에 내 결혼식에 오지 못해 미안하다며 축의금까지 줬는데. 언니는 단지 장사를 잘하는 사람일지도 모른다. 오랫동안 찾아주는 손님에게 살갑게 대했을 뿐인데, 나 혼자 착각한 거다. 그때 언니는 드레스를 잘 받았을까? 그 드레스는 누구 거였을까? 언니에게 무슨 일이 생긴 걸까? 드레스를 주문하던 것과 관련이 있는 걸까?

배가 고파 허겁지겁 먹었더니 속이 거북했다.

버스 정류장까지 서나를 배웅하고 불답천을 걸었
다. 걸으면서 휴대전화를 보니 다솜이 보낸 메시지
가 있었다. 다솜이 메시지로 보낸 이미지는 서나의
소셜미디어 계정을 캡처한 거였다. 프로필 사진은
남자친구와 함께 솔티비아의 어느 유적지에서 찍
은 셀카였다. 다솜이 메시지를 보냈다.

　— 이분, 아까 너 친구 맞지?

　— 응. 눈썰미 좋네ㅋ

답은 그렇게 했지만 조금 불쾌했다. 왜 다솜은
굳이 서나의 소셜미디어 계정을 찾아내서 캡처해
내게 보낸 걸까?

　— 통화 돼? 메시지로 보내려니 너무 길어서.

나는 다솜에게 전화했다.

"박서나 씨가, 네가 전에 말했던 솔티비아 남자
친구 사귄다는 그 친구지?"

"응."

"내가 아까 그분이랑 인사할 때 낯이 익은 거
야. 그래서 어디서 봤지, 어디서 봤지 하다가 소셜

미디어 앱 열었는데 생각이 난 거지. 친구 추천에 뜨던 사람이더라고."

"서나가 네 친구 추천에 뜬다고?"

"응. 나 서나 씨 남자친구랑 소셜미디어 친구거든. 진짜로 친구인 건 아니고. 솔티비아에 있는 한인은 대부분 이 사람이랑 서로 팔로우했을걸."

"신기하다. 세상이 진짜 좁네."

다솜을 오해했던 게 조금 미안해졌다.

"근데 이 사람 파혼 네 번 한 건 알아? 아니, 내가 아는 게 네 번이니까 더 했을 수도 있고. 아, 물론 나는 네 명에 포함 안 돼 있어."

처음 듣는 말이었다. 서나가 내게 말한 적도 없었다. 이 남자는 다솜이 아는 것만 네 번 파혼했고, 그중에 두 번은 다솜이 다니던 회사 사람과 했다고 했다.

"왜 파혼한 거야?"

"그게, 사생활이니까 정확히 말들은 안 하는데…."

다솜은 어디까지나 소문이라면서, 그에게 얽힌 소문들을 들려줬다. 이 남자 부모 마인드가 70년대 한국을 떠날 때 멈췄다고 한다. 그건 소문이 아니라 사실이라고 했다. 일할 때도 옛날 사람처럼 군다는 건 같이 일해본 사람이면 다 안다고 했다. 그들은 맨몸으로 솔티비아에 가서 크게 성공했는데, 그런 성공 경험과 옛 시절에 멈춘 마인드때문에 예비 며느리들이 경악할 만한 말과 행동을보였다고 한다.

결혼도 전에 챙겨야 할 시댁 경조사라며 인쇄한 종이를 곱게 접어줬다더라. 거동이 불편하지도 않고 심지어 자기들 기사도 있는데 병원에 예비 며느리보고 같이 가달라 했다더라. 특정 음식에 알레르기가 있던 예비 며느리에게 일부러 그 음식을 계속 권하면서 자꾸 먹어야 알레르기가 없어진다는 말을 했다더라. 전화로 매일 안부를 묻길 바랐다더라. 파혼하겠다는 여자에게 지금 결혼을 깨는 건 이혼이나 마찬가지니 나중에 재취 자리나 알아보라 했다더라. 물론 소문이니 확실한 건 아니었다.

"아무튼 그 집에서 한국 며느리 아니면 안 된다
고 했는데, 솔티비아 한인 여자 중에 며느리를 못
구하니까 한국까지 온 건 아닐까? 서나 씨는 그 남
자 어떻게 만났대?"

일하다가 우연히 만난 거니까. 그가 솔티비아
에서 그런 것까지 계획하고 석윤구에서 하는 행사
에 참석하러 오진 않았겠지. 다솜이 해준 말 대부
분은 소문이었기 때문에 근거 없는 말로 서나를 심
란하게 하고 싶지 않았다. 하지만 얘기를 들은 이
상 찝찝했다.

"근데 진짜로 부자이긴 해. 그 남자 공무원 하
는 것도 솔티비아 정부랑 커넥션 유지하려고 그런
걸 거야."

부자라는 말을 듣는 순간, 만약 소문이 사실이
어도 나는 서나에게 이 얘기를 하지 않기로 결심
했다. 어쩌면, 이건 먼 곳에서 서나에게 온 기회일
지도 모른다. 보증금 5000만 원짜리 전세를 겨우

구한 서나에게까지 차례가 오지 않았을 그런 기회. 경제적으로 의지할 존재를 구할 수 있는 기회. 서나가 남자친구를 만나기 전 서나에게 호감을 보였던 남자들은 서나의 직장을, 더 정확히는 직장의 안정성을 높게 쳐줬다. 그런 남자들은 대부분 경제적으로 불안정했다. 지금 잘 벌어도 수입이 확 줄어들지 모른다든지, 직업의 수명이 짧다든지, 본인의 직장은 언제 없어질지 모르는 곳이라든지 그랬다.

서나는 엄청난 민원인을 꽤 많이 상대해 왔고 자신의 부모 대신 여러 일들을 해결해 왔다. 다솜의 말이 사실이어도 서나는 잘 견딜 수 있을 거다.

"다솜아, 나 오늘 이야기 안 들은 걸로 할래."

*

두 달 정도 손바느질을 배우러 다녔더니 만든 것들이 꽤 늘었다. 복주머니와 조각보를 만들었고, 귀주머니는 두 개 더 만들었다. 바늘방석도 하나 더 만들었다. 작지만 손이 많이 가는 골무는 다른 것들 만들면서 틈틈이 열 개나 만들었다. 이음새가 반듯하니 잘 만든 골무 다섯 개를 골라 나란히 놓고 찍은 사진을 메신저 프로필 사진으로 해놨다. 거의 활동하지 않던 내 소셜미디어 계정에 그동안 만든 것들의 사진을 올렸다. 그걸 본 사람들이 댓글을 달거나 메시지를 보냈다. 예쁘다. 최고(박수)(박수). 지수 직접 만든 거야?(따봉). 이거 파는 거야? 가끔 종선 같은 사람들은 농담이랍시고 조금 무례하게 굴었다. 아, 프로필 사진 너무 노티 나서 형수님 계정 털린 줄 알았어요.

그러다 일이 커졌다. 어떤 문화재단 소품숍 담당자와 미팅을 하게 됐다. 서원 선배 때문이었다. 선배는 메시지로 내가 바느질을 얼마나 배웠는지, 뭘 만들 수 있는지, 만든 건 어느 만큼 되는지 같은 걸 물었다. 그러더니 그 문화재단의 소품숍에 대해 말했다. 선배에게 말하지는 않았지만 회사 다닐 때 그 재단에서 하는 플리마켓을 홍보한 적이 있어 어느 정도 알고 있는 곳이었다. 이 재단에서는 내년을 목표로 재단 건물 1층에 젊은 작가들의 작품을 파는 소품숍을 연다고, 거기에 입점할 젊은 작가를 찾는다고 했다. 선배는 새로 바뀐 재단 로고를 디자인했고 홍보물도 디자인한다고 했다.

— 제가 자격이 될까요? 겨우 두 달 배웠는데.

— 작품 만드는 데 해온 기간이 뭐 중요해.

내가 만든 걸 작품이라고 할 수 있을지 모르겠다.

선배는 부담 없이 만나라고 했지만 최소한 선배를 창피하게 만들지는 말아야겠다고 생각했다. 좀 큰, 이목을 끌 수 있는 것과 팔기 좋은 작고 부담 없는 소품을 준비해 가기로 했다. 만들고 있던 조각보를 무리해서 더 크게 완성시켰고, 색깔이 다른 귀주머니 몇 개를 더 만들었다. 그리고 메신저 프로필 사진에 올렸던 골무들도 챙겼다. 미팅 전 3일

동안 손에 물집이 잡혔고 잠을 거의 못 잤다. 선배
는 굳이 자신도 미팅에 함께하겠다고 했다. 선배와
는 지하철역에서 만나 재단까지 같이 가기로 했다.

"어이!"

서원 선배가 자전거를 타고 왔다. 남색 자전거
에 베이지색 바지와 가죽 샌들, 아이보리색 니트를
입었다. 자전거보다 조금 더 옅은 색 헬멧을 썼다.

"어디서 오는 길이에요?"

"집에서부터 타고 왔어. 여기 오는 길이 자전거
타기 좋거든."

선배는 메고 있던 백팩에서 뭔가를 꺼냈다. 헬
멧이었다.

"자."

선배는 헬멧을 내밀며 뒷자리를 고개로 가리
켰다. 썩 좋은 생각은 아닌 것 같다. 두 명분의 무
게가 누르는 자전거의 페달을 밟고 균형을 잡는 건
꽤 힘든 일이다. 뒤에 타는 사람도 안장을 손으로
꼭 붙잡고 타야 할 테니 썩 편하게 탈 수 없다. 더구나 재단까지는 살짝 오르막이다. 다른 교통수단이 없다면 모를까, 마을버스도 다닌다.

"마을버스 타고 갈게요. 그게 편할 거 같아요."

선배는 백팩을 앞으로 돌려 멨다.

"아냐. 서로 등 기대고 가면 편해. 넌 뒤로 앉으면 돼."

선배랑 등을 맞대고 힘이 들어간 선배 등이 가쁘게 오르락내리락하는 걸 느끼고 싶지 않은데. 마침 마을버스가 왔다.

"저 먼저 출발해요. 재단 정문에서 봐요."

나는 마을버스에 탔다. 선배는 버스 안을 물끄러미 보더니 자전거를 타고 출발했다. 오늘 미팅 자리도 만들어 줬는데. 좀 미안하다는 생각이 이제야 들었다. 버스는 10분도 안 되어서 재단 앞에 멈췄다. 버스는 재단까지 조금 돌아서 왔지만 최단 거리로 자전거를 타고 오는 선배를 가뿐히 지나쳤다. 나는 버스에서 내려 뒤를 돌아봤다. 선배가 자전거를 타고 올라오고 있었다. 숨이 가빠 보였다.

혼자도 저렇게 힘들어하면서 나까지 태우고 올라
오겠다고?

"숨 좀 고르고 들어가자. 후."

숨을 크고 거칠게 몇 번 쉰 선배는 들어가자고
했다. 약속 장소는 재단 1층에 있는 카페다.

"지수 과장님?"

내 뒤에서 난 나긋나긋한, 익숙한 목소리였다.
돌아보니 재단 홍보 담당자였던 박 과장이었다.

"진짜 지수 과장님이네. 안 그래도 원 대표님께
말씀 듣고 과장님이랑 이름이 같네, 했었는데."

서원 선배는 웃고 있었지만 조금 당황한 것 같
았다.

"아는 사이였어? 왜 미리 얘기 안 했어?"

박 과장은 박 차장이 되어 있었다. 나는 그냥
최지수인데. 나는 박 차장이 아직도 여기에 다닐
거라 생각하지 못했다. 그래서 서원 선배에게 미리
이야기할 생각도 못 했다.

"지수 과장님은 정말 신기한 분이에요. 전공도

좀 특이하시고. 공대 나오셨잖아요."

"자연대예요."

"앗, 그랬던가요? 아무튼, 퇴사하시고 뭐 하시나 했는데 이제는 작가님으로 이렇게 돌아오시다니."

반가운 시간은 여기까지다. 나는 가져간 것들을 꺼냈다. 구구절절 설명이 길어졌다. 그는 꼼꼼하게 내가 가져간 걸 살펴봤다.

"조금 더 섬세하거나, 아니면 좀 더 규모가 있는 작품을 할 수 있을까요? 아니면 이런 작은 골무 같은 건 얼마나 많이 만들 수 있으세요?"

오늘 가져온 걸 만드는 데도 온 힘을 다했는데.

"당장 말씀 안 해주셔도 돼요. 아직 시간이 좀 있으니까 천천히 생각해 보고 알려주세요."

천천히 생각할 필요 없다. 지금 결정하자. 이건 내가 할 수 없는 일이다.

"저, 저희 손바느질 선생님과 이야기해 봐도 될까요? 사실 아무리 생각해도 제가 하는 건 무리가 있는 것 같아요."

　나는 한 발짝 뒤로 물러나 도울 일이 생기면 하
겠다고 했다. 선생님께 전화해서 말하니 아주 좋아
했다. 열심히 해보겠다고 했다. 통화가 끝나고 박
차장에게 선생님 연락처를 전달했다.

　버거운 일을 하지 않아도 된다고 생각하니 마
음이 홀가분했다. 그리고 그 일은 더 잘할 수 있는
사람에게로 넘어갔다. 제자리를 찾은 것 같다. 선생
님이 잘 됐으면 좋겠다. 내게 엄청난 칭찬을 퍼부
어 줬던 사람. 그런 칭찬은 좀 낯부끄럽기도 했지
만 내게 용기가 됐다. 나도 선생님에게 뭔가를 주
고 싶었다. 그렇지만 나는 결국 또 도망친 셈이다.

　재단 건물을 나왔다. 선배에게 미안했다. 선배
는 세워둔 자전거 자물쇠를 풀면서 말했다.

　"역까지 천천히 걸어가자. 자전거는 안 탈 거
지?"

약간의 경사지만 내리막은 오르막보다 쉽다. 선배는 차도 쪽으로 자전거를 끌면서 걸었다. 그렇게 걷다가 선배가 앞을 보며 말했다.

"후회 안 돼?"

"신경 써주셨는데 죄송해요. 잘할 수 있는 사람이 하는 게 좋을 거 같았어요."

"아니, 그거 말고. 결혼."

왜 지금 선배는 결혼에 대해서 묻는 걸까?

"널 보면 미진이가 파혼하던 게 생각나. 그리고 미진이가 잘했다는 생각도 들어. 못됐지?"

결혼하고 미진 선배가 겪을 일들을 옆에서 보기 괴로울 것 같아 서원 선배는 미진 선배의 결혼을 말렸다고 했다. 정말 그런 이유로 말렸을까?

"실제로 육아하는 거랑, 결혼해서 임신해서 육아할 가능성이 있는 건 별개잖아."

그건 나도 이미 느꼈던 거였다. 아직 존재조차 없는, 나는 생각조차 하지 못했던 미래의 내 아이를 이유로 나를 꺼렸던 많은 회사들이 머릿속에 떠올랐다 사라졌다.

"일단 결혼을 하면 잠재적으로 아이가 생길 거라고 생각하더라. 언제든 빠질 수 있는 인력 취급하고. 얼른 아이를 낳는 게 덜 억울할 수도 있겠다 싶을 정도로. 물론 아이를 그런 이유에서 가질 수는 없잖아."

직장을 다니고 있었어도 결혼을 이유로 사회가 내게 태도를 바꿨을까? 당분간 주요 업무에서 배제되고, 조금 빈틈을 보이면 미혼일 때보다 더 냉정하게 대했을까?

결혼을 하면 대부분 그런 삶을 사는 걸까? 내가 운이 좀 없었고, 기업에서 원할 정도로 능력 있는 사람이 아니어서라고, 그럴 거라고 믿으려 노력했다. 선배의 말은 애써 덮어둔 상처를 다시 들춰서 확인하는 것 같았다. 나를 향한 말이 아니었는데도, 본인의 이야기를 한 건데도.

단풍이 한창이었다. 노을빛과 노랗고 붉은 단풍이 섞였다. 이 길을 이 시간대에 걸었던 적이 있다. 물론 일 때문에 왔다가 가던 길이었다. 그때도 단풍이 한창일 때였다.

그러고 보니 종윤과 이곳을 걸은 적이 없다. 언제 한번 와야지, 하고는 계속. 그리고 지금은 서원 선배와 걷고 있다. 선배는 이따금씩 나를 쳐다봤고 나와 눈이 마주치면 다시 앞을 봤다.

최지수(33세 1개월, 학원강사)

세 달 정도 손바느질을 배워보니 내가 얼마나 어처
구니없는 일을 했는지 알겠다. 나보다 잘하는 사람
이 너무 많다. 나와 같은 날 시작한 다솜도 나보다
야무지고 예쁘게 만들었다. 나는 다시 구직 사이트
를 들락거렸다. 그리고 논술학원에 취직했다.

　　학원에 취직해야겠다고 생각한 건 아니었다.
계속 구직 사이트 서너 곳을 습관적으로 열어봤는
데 홍보 쪽으로 마땅히 지원할 곳이 없었다. 공고

에서는 신입이나 3년 이하 경력, 또는 아예 10년 이상 팀장급을 원했다. 내 86개월의 경력은 막 부려먹기에는 부담스럽고, 그렇다고 어떤 책임을 맡기기에는 불안했던 것 같다.

차라리 동네에서 할 수 있는 일을 찾아봐야겠다고 생각했다. 동네에서 올라오는 건 주로 학원 구인 공고였다. 많은 학원에서 사람을 구했다. 하지만 다들 나를 달가워하지 않았다. 지원서를 보내도 대부분은 묵묵부답이었다. 간혹 전화로 결혼 여부나 기존에 학원 경험이 있는지 같은 걸 물어보고 죄송하다고 하는 곳도 있었다. 딱 한 군데에서 면접을 보러 오라고 했는데, 그곳이 지금 다니게 된 논술학원이었다. 원장님은 내 이력서를 보더니 한 직장을 이렇게 오래 다닌 걸 보니 성실하신 분 같다며 잘해보자고 했다.

집 앞에서 마을버스를 타고 세 정거장을 가면 도착할 거리였다. 학원은 아침 일찍 출근하지 않으니 오전 시간을 자유롭게 쓸 수 있고, 출퇴근 시간

이 짧을 거다. 큰 욕심을 부리지 않으면 만족하고
다닐 수 있을 거라 생각했다. 고용주인 원장님도
교양 있고 좋은 분 같았다.

막상 일을 시작해 보니 생각했던 것과 달랐다.
집과 가까워 걸어서도 집에 올 수 있고, 원장님이
좋은 분인 건 맞다. 하지만 학원 일은 무척 바빴다.
쉬는 시간도 거의 없었다. 학원을 마치고 간 버스
정류장 전광판에 마을버스는 항상 '운행종료'라고
떴다. 다음 날 자유롭게 오전 시간을 쓸 힘이 없었
다. 침대에 누워 있다가 겨우 몸을 일으켜 다시 출
근했다.

학원에 출근한 지 2주가 넘었지만 말을 나눠본
사람은 원장님과 옆자리 유 쌤이 전부였다. 유 쌤
은 내 출근 첫날, 자두 맛 사탕과 귤을 한 주먹 건
넸다.

"식사 못 하니까 이런 거라도 수시로 드세요."

계속 떠드는 일이다 보니 이렇게라도 당을 충

전하지 않으면 정말 쓰러질 것 같았다. 나는 거의 한 시간마다 뭔가를 입에 넣었다. 유 쌤이 준 자두 맛 사탕과 귤을 다 먹지도 않았는데 내 책상에는 수시로 미니 초코바, 바나나, 사탕 같은 게 올려져 있었다. 일주일 동안 받아먹기만 하던 나는 커피 맛 사탕과 레몬 맛 젤리를 큰 봉지로 사서 다른 강사들 자리에 한 움큼씩 놨다. 그렇게 우리는 서로 잘 알지 못하지만 단것으로 유대관계를 맺은 사이가 됐다. 유 쌤 자리에는 반 움큼 더 놨다.

퇴근길 나는 유 쌤과 같이 걸었다. 내가 집에 가는 길에 유 쌤이 탈 버스 정류장이 있다고 했다. 내가 타고 온 마을버스는 끊겼을 시간인데 다른 시까지 가는 유 쌤이 탈 버스는 아직 운행 중이었다. 피곤한 몸으로 집까지 걷기 싫어 유 쌤이 부러웠다. 그러다 유 쌤이 버스로 40분을 가서 다시 15분을 걸어야 한다는 말을 듣고 그런 생각을 했던 게 미안해졌다.

"응대를 능숙하게 하시더라고요. 저는 처음에

힘들었는데."

"응대요?"

"학부모님들 통화하실 때도 그렇고, 애들 억지 부릴 때도 그렇고. 학원 처음인 거 맞아요?"

"아. 네, 처음이에요."

학부모나 아이들을 상대하는 건 크게 어렵지 않았다. 화를 내거나 싫은 소리를 하는 이유를 쉽게 알아챌 수 있었다. 좀 더 일해보면 달라질 수도 있지만 아직까지는 도저히 이해 가지 않는 경우는 없었다. 그들은 홍보를 하며 상대하던 고객사 담당자나 기자들보다 좀 더 투명했다. 원장님은 이런 점을 알아채고 나를 채용한 걸까?

유 쌤은 나보다 세 살 어렸다. 이 학원이 유 쌤의 두 번째 직장이었다. 첫 직장은 더 큰 학원이었다고 했다. 유 쌤은 이 학원이 덜 힘든 거라고 했다. 전에 큰 학원 다닐 때는 학원 측에서 배려 없이 시간표를 짜고, 강사들을 더 힘들게 굴려서 골병이 들 정도였다고 했다. 나는 지금도 충분히 힘든데.

"고마워요. 저 신경 써주셔서."

유 쌤은 배시시 웃었다.

"다른 쌤들하고는 말할 기회가 별로 없죠? 다 좋은 사람들인데 너무 바쁘니까. 그리고 너무 늦게 끝나는데 퇴근하고 모이기도 좀 그렇고."

강의 사이에 쉬는 시간은 10분. 수업 자료와 교재를 준비하고 복사하며, 틈틈이 학부모와 전화도 해야 한다. 화장실 갈 틈도 없어 자꾸 참다가 방광염에 걸릴 것 같다는 걱정이 들었다. 그러니 밥을 먹을 새는 물론 다른 선생과 말할 새도 없었다. 끝나고는 각자 바쁘게 사라졌다. 아마도 막차를 타기 위해서 그러는 것 같았다.

"원장님도 어쩔 수 없을 거예요."

원장님은 가급적 주말 중 하루라도 강사들을 쉬게 해주려고 했다. 그나마 오전 시간은 통으로 비워주기 위해 점심시간 이후에 출근하라고 하는 것도, 그래서 늦게 출근하는 만큼 수업이 빡빡해져 허덕이는 것도 안다. 그리고 이렇게 강사들을 빡빡하게 돌리지 않으면 수익이 나지 않는다는 것도 안다.

버스 정류장은 냉면집 앞에 있다. 우리가 퇴근할 때쯤 그곳은 항상 문을 닫고 뒷정리 중이었다. 유 쌤은 냉면집을 보면서 말했다.

"저 여기 냉면 한 번도 못 먹어봤어요."

매일 바쁘게 일하다가 늦게 퇴근하니 못 먹을 만도 했다. 그렇다고 출근 전 이 냉면집에서 점심 때 먹을 생각은 꿈에도 하면 안 된다. 점심시간은 항상 사람으로 미어터진다. 기다리다가 출근 시간을 못 지킬지도 모른다. 저녁 시간에는 가게가 비교적 한가했지만 우리는 수업 중이거나 수업 준비 중이었기에 나와서 먹을 수 없었다. 그리고 냉면집은 우리의 퇴근 시간보다 일찍 문을 닫았다.

"냉면은 겨울 음식이라잖아요. 우리 겨울 방학 때 한번 먹어요. 그때는 아침부터 출근하니까 일찍 끝나겠죠."

"아뇨. 그때도 못 먹어요."

방학이 되면 특강이다 심화반이다 해서 해야

할 수업이 더 늘어난다고 했다. 물론 그만큼 월급이 늘지만 쓸 시간이 더 없다고 했다.

유 쌤이 타는 버스가 정류장에 도착했다. 나는 버스를 탄 유 쌤에게 손을 흔들고 다시 집으로 걸었다. 허기지고 힘도 없다. 발도 무거워져 나도 모르게 바닥에 직직, 끄는 소리를 내며 걷는다. 집을 한 블록 정도 남겨뒀을 때 편의점 옆에서 누가 나를 불렀다. 돌아보니 큰 회색 후드를 쓴 다솜이었다.

"정수기 고장 나서 엄마가 생수 사 오라고 해서. 너 이 시간에 퇴근했구나. 그러니 우리가 못 만나지."

우리는 편의점에 같이 들어갔다. 다솜은 계산 후 양 겨드랑이 사이에 각각 2리터짜리 생수를 끼워 들었다. 나는 컵라면을 계산한 뒤 급하게 뜯어 뜨거운 물을 붓고 다솜과 편의점 밖 테이블로 갔다.

"설마 저녁 못 먹은 거?"

내가 덜 익은 컵라면을 허겁지겁 먹는 걸 보고

다솜이 물었다. 내가 고개를 끄덕이며 라면을 입에 욱여넣자 다솜이 다시 말했다.

"그때 메시지로 그랬잖아. 중간에 화장실도 잘 못 간다고. 오줌도 못 싸게 하는 데가 어디 있담."

나는 별말 없이 계속 라면을 먹었다. 다솜은 약간 다그치듯 물었다.

"그 일 재미있어?"

"뭐, 재미있는 것만 하고 어떻게 살겠어."

다솜은 마치 내 언니라도 되는 듯이 내게 나무라듯 말했다.

"재미없다는 거네. 그러면 거기는 대체 왜 다니는 거야?"

나는 라면을 입에 물고 웅얼거리며 말했다.

"그럼 뭐, 마냥 노냐?"

"놀면 좀 어때서?"

나도 모르게 모난 투로 말했다.

"어떻긴 뭐가 어때. 놀고 있을 때 어디 가서 무슨 일 하세요, 라고 누가 물어보면 사람이 얼마나 쭈그러드는데."

아쉽게도 학원에 나가고 나서는 그런 질문을 받은 적이 없다. 이제는 누가 물어보면 학원강사입니다, 라고 할 수 있는데. 생활 패턴이 대부분의 사람들과 달라서 누군가를 만날 일이 잘 없기 때문이겠지.

"그게 너 자신보다 중요해?"

자신을 잃어본 사람만이 할 수 있는 말. 나도 이미 경험해서 이해하는 말. 이미 충분히 안다. 그렇지만 마냥 실업 상태인 것도 못 할 짓이라는 것 역시 잘 안다. 더 말하면 다솜과 싸울 것 같아 나는 별말 하지 않고 컵라면 국물을 마신다.

"그렇게 다시 망가져 버리면 진짜로 다시 취직하기 더 힘들어져. 나, 이제 아무 데서도 안 불러주더라."

*

학원에 그만둔다고 말하고 일주일이 지났다.

오늘은 마지막 출근날이다. 원장님은 아쉽지만 그래도 방학 시간표를 짜기 전에 말해줘서 고맙다고 했다. 한 달을 다 채우지도 않았는데 한 달 치 월급을 줬다. 일은 힘들었지만, 어쨌든 원장님은 좋은 사람이다. 나는 수업을 마치고 마지막 인사를 하고 짐을 챙겨 유 쌤과 나왔다. 짐이래 봤자 텀블러 한 개와 파일 한 개, 목 쿠션, 마우스 패드가 전부였다.

"냉면, 결국 못 먹었네요."

나는 오늘도 영업이 끝나고 뒷정리 중인 냉면집을 보며 말한다.

"곧 가요, 우리. 학원에 언제 놀러 와요."

유 쌤이 타는 버스가 도착했다. 오늘은 유 쌤이 탄 버스가 안 보일 때까지 손을 흔들어 줘야겠다. 유 쌤은 버스에 타서 자리에 앉고도 내가 계속 서서 손을 흔들자 민망한지 그만 가라고 손을 저었다. 나는 계속 손을 흔들었다. 버스가 출발했다. 나는 이제 보이지도 않는 유 쌤이 탄 버스가 사라진 방향을 바라봤다. 과연 유 쌤과 냉면집에 갈 수 있을까? 아니, 유 쌤을 다시 볼 일이 있으려나? 우연히 마주치지 않는다면, 우리는 지금 이것이 마지막일 것 같다. 원장님과 유 쌤이 건강했으면 좋겠다. 그리고 내 자리에 단걸 놔두던 다른 선생님들도.

최지수(33세 3개월, 프리랜서)

학원을 그만두고 입사 지원을 할 때 고민할 것이
하나 더 늘었다. 건강이다. 내 건강을 지킬 수 없는
곳은 가지 않겠다. 채용 공고에 '경력과 상관없이',
'주인의식', '함께 키워 나갈' 같은 문구가 있으면
지원하기 망설여졌다. 안 그래도 불러주는 곳이 별
로 없는데 가리는 게 많으니 연락이 잘 안 왔다. 한
달 동안 고작 열세 군데에 지원했고 그중 두 곳에
면접을 보러 갔다.

한 곳은 집에서 버스로 15분 정도 걸리는 거리에 있는 홍보대행사였다. 막상 가보니 내가 하던 홍보 일과 달랐다. 소셜미디어에 계정을 만들고 홍보 게시물을 수백 개씩 올리는 게 내가 할 일이라고 했다. 내 표정을 읽었는지 내가 뭐라 말하기 전에 그쪽에서 먼저 나를 거절했다. 다른 한 곳도 집에서 가까운 곳이었다. 지하철로 두 정거장만 가면 됐다. 출판물에 들어갈 글을 책임질 사람을 뽑는다고 해서 지원했던 거였다. 막상 가서 보니 출판물이라기보다는 인쇄물에 가까웠다. 내가 그곳에서 뭘 할 수 있을까 싶었고, 그들은 나를 쓰기 부담스러워했다. 그들도 나를 거절했다. 별로 슬프지 않았다. 대신 이럴 거면 번거롭게 사무실로 부르지 말고 전화로 면접을 보면 좋은데, 같은 생각을 했다. 한심한 구직자의 자세다.

그렇게 열세 군데에서 불합격한 다음 날 아침, 다시 구직 사이트를 뒤적일 때 휴대전화가 울렸다.

아버지였다. 아버지와 나는 그리 자주 통화하는 사이가 아니다. 살갑게 미주알고주알 말을 주고받지도 않았다. 보통 무슨 일이 있어도 어머니와 통화했기 때문에 아버지 전화번호가 내 휴대전화에 찍히는 건 정말 오랜만이었다.

"바쁘냐?"

아버지다운 첫마디.

"말씀하세요."

나도 살가운 자식은 못 되나 보다.

"요즘 어디 나가냐?"

아마도 취직을 말씀하시는 거겠지.

"알아보고 있어요."

"있잖아… 여기 한번 지원해 볼래?"

아버지는 내가 뭘 하든 별말 없던 사람이었다. 퇴직할 때도 잘했다고 하고 그만이었다. 그렇게 오래 회사를 쉬어도 취직은 어떻게 되어가냐고 묻지 않았다. 그런 아버지가 내게 취직할 곳을 소개해 주겠단다.

"나 퇴직 전에 알게 된 업체 대표님인데, 사업체 몇 개를 하는 분이야. 대외협력팀 팀장을 뽑는다더라."

아버지가 알려준 회사 이름을 검색했다. 사무실 위치와 전화번호, 주소가 나왔고, 홈페이지 링크도 검색됐다. 링크를 눌러보니 요즘 잘 쓰지 않는 글씨체로, 별 내용 없는 흰색과 하늘색, 빨간색으로 꾸며진 홈페이지가 떴다. 회사는 1973년 설립됐다고 나왔다. '여러 부자재 수입 및 국내 유명 대기업과 거래'하는 회사였다. 아마도 그 대기업에 아버지가 다니던 회사도 포함이겠지. 그리고 2003년 주식회사가 돼서 프랜차이즈 커피전문점을 처음 열었고, 국도변 휴게소도 운영했다. 커피전문점 브랜드가 아니라 프랜차이즈 점포 일곱 곳과 주유소 두 곳, 휴게소 한 곳을 현재 운영한다고 쓰여 있었다. 자회사라는 곳에서는 온라인쇼핑몰과 오픈마켓 등에 생활용품 몇 가지를 파는 듯했다.

'현재'라고 쓴 게 언제인지 모르니 진짜 현재 상황과 차이가 있을지도 몰랐다. 그런데 점포 몇 군데를 운영하는데 대외협력을 담당할 사람은 왜 필요한 걸까? 프랜차이즈 점포와 대기업 이름을 쓰는 주유소는 따로 대외 업무를 할 일도 없을 텐데. 휴게소도 크게 그런 일이 필요할 것 같지 않았다. 온라인으로 물건을 파는 일은 온라인 업무를 하는 담당자가 이미 있을 텐데, 딱히 대외협력을 할 일이 있으려나. 아니면 홈페이지에 안 나와 있는 다른 사업을 하고 있는 걸까?

지원서를 보낸 그날 바로 연락이 왔다. 다음 날 면접을 보러 오라 했다. 건물은 전에 면접을 보러 갔던 누런 타일 건물과 연식이 비슷해 보였다. 다만 이 건물은 외벽이 옅은 회색이었다. 제일 위층인 6층으로 오라고 했는데 다행히 엘리베이터는 있었다. 6층에서 엘리베이터 문이 열리자 찌든 담배 냄새가 났다. 짙은 회색 철문을 여니 묵은 담배 냄새는 더 진해졌다. 입구 책상에 앉아 있던 사람이 심드렁하게 나를 쳐다봤다.

"저, 면접 보러 왔는데요. 최지수라고 합니다."

"아, 일찍 오셨네요. 이쪽으로 오시겠어요?"

시계를 보니 9시 24분이었다. 약속한 시간보다 6분 일찍 도착했다. 안내해 준 소파에 앉았다. 넓적하고 각진 검은 소파는 몇십 년 전을 배경으로 하는 시대극에 나올 법했다. 나를 안내해 준 사람은 곧 종이컵에 믹스커피를 타서 내 앞에 놨다.

"회장님께서는 조금 있다가 도착하실 거예요. 지금 골프 중이시라."

면접 약속을 잡고 골프를 친다고?

"금방 오실 거예요. 이 옆 건물 연습장이거든요. 거기도 저희가 운영하는 곳인데 관리 차원에서 아침마다 가세요."

골프연습장에 대해 쓰여 있지 않던 홈페이지의 '현재'라는 건 진짜 현재가 아니구나.

"편하게 기다리세요."

도무지 편할 수 없는 공간이다. 내가 기다리는 동안 아까 그 직원은 내가 보냈던 이력서를 한 부 출력해 내 맞은편에 올려놨다. 그리고 묵직해 보이는 크리스털 잔에 얼음을 채우고 커피를 부어 내 이력서 옆에 놨다. 나는 좀 전에 받은 종이컵과 그 크리스털 잔을 번갈아 봤다. 보통 손님에게 좋은 잔을 주던데. 아, 나는 손님이 아니어서 그런 걸까? 그럼 나는 이 회사에서 어떤 존재가 될까?

작은 키에 땅딸한 남자가 약간 벌게진 얼굴로 들어왔다.

"아이고, 이거 미안합니다."

그러고는 셔츠 목 부분을 앞으로 잡아당기며 후, 후 소리를 냈다. 전혀 미안한 표정이 아니었다. 약속보다 12분이 늦은 9시 42분이다.

"우리 최 부장 따님이라고."

그는 약간 느끼한 웃음을 지었다. 나는 네, 라고 대답하며 억지로 웃었다.

"내가 최 부장을 참 좋아했다고. 왜냐? 말 안 해도 다 알거든. 말수도 별로 없는 양반이 무슨 해결사처럼, 응? 최 부장 딸이라니 아버지 닮아서 잘하겠다, 싶어요."

반말과 존댓말을 오가는 말투에 기분이 상했다. 차라리 반말만 하는 게 덜 기분 나빴으려나. 그는 탁자에서 내 지원서를 집어 읽기 시작했다.

"경력을 길게 썼는데, 내가 눈이 침침해서 다 못 읽겠고. 이 회사들 말이야, 여기."

그는 내가 회사 다닐 때 했던 행사나 홍보활동의 고객사 부분을 손가락으로 짚었다.

"이런 데랑 아직도 연락해요?"

"딱히 연락을 하며 지내진 않습니다."

"그래도 연락할 일이 있으면 할 수 있죠?"

이런 건 왜 물어보는 걸까? 평판 조사라도 하려는 건가? 아버지를 통해서 취업하는데도 따로 평판 조사가 필요한가?

"연락처는 가지고 있습니다. 물론 그중에 몇 군

데는 연락처가 변경됐을지 모르겠습니다."

그는 탁, 소리를 내며 내 이력서를 탁자에 내려놨다.

"대외협력 업무가 뭘까요? 어떤 일을 하고 여기서 나한테 월급을 타 가려고 했지?"

내 생각을 묻는 듯하지만 자신만의 정답을 가진 듯한 질문. 어차피 나는 그 정답을 모른다.

"우리는 대외 홍보니 뭐니 그런 건 필요 없어요. 그건 뭐 다 돈 쓰는 일이잖아. 돈을 벌어 와야지."

그가 왜 내게 예전 고객사와 연락하냐고 물었는지 알 것 같았다. 이곳이 원하는 건 내 경력이 아니라 내가 가지고 있는 예전 고객사와의 관계였다.

"대충 알았지요? 아버지 닮았으면 눈치 빠를 테니 뭐, 말 안 해도. 구체적으로 입사해서 뭘 할지는 내가 이따가 생각나는 대로 문자로 보내줄게."

그는 그리고 다시 일어나서 나가버렸다. 그러니까, 출근하라는 소리인가?

'회장님'의 문자메시지를 받았다. 밤 11시 36분. 설핏 잠이 들 무렵이었다.

— 최팀장오늘잘들어갔는지?같이일하게된걸 환영합니다.몇가지생각나는것적어보내니앞으로 의계획에참조하길바랍니다.

1. 우리휴게소에유명커피전문점입.점.

2. 우리자회사물건들판촉용이나선물용으로 납.품.

3. 우리가운영하는카페커피단체주문 – 카페인 근회사들.

4. 우리자회사물건온라인입점시좋은자리선 점 – 금전적지출불.가.

이상입니다. 좋은밤보내고다음주출근해서또 이야기나눕시다.

잠이 확 깼다. 나는 어느새 '최 팀장'이 돼 있었 다. 문자메시지를 읽다 보니 머리가 지끈거리는 것 같았다. 띄어쓰기 때문만은 아닐 거다. 1번은 내가 몇몇 큰 식음료 프랜차이즈 회사의 온라인 마케팅

을 담당했던 걸 보고 연결된 게 있다고 생각해 그
걸 해보길 바라는 듯했다. 하지만 그 휴게소는 위
치가 좋지 않아 웬만큼 이름 있는 커피전문점 입점
은 힘들 거다. 2번과 3번은 진짜 영업을 해야 했다.
한 번도 해본 적이 없는 일이었다. 사람 만나는 것
도 잘 못하는데 물건을 파는 일까지 할 수 있을까?
4번은 거의 불가능한 일이었다. 나는 온라인쇼핑
몰 일을 해본 적도 없고 그런 쇼핑몰 MD들도 몰랐
다. 뭘 보고 그들이 돈도 쓰지 않는 업체에 좋은 자
리를 내어줄까? 네 개 중 자신 있게 해봐야겠다는
생각이 드는 건 하나도 없었다. 오히려 얼른 포기
하고 도망가고 싶다는 생각이 더 크게 들었다.

약속한 시간까지 오지 않던 그를 기다리며 종
이컵에 준 믹스커피를 마시면서부터 도망치고 싶
다는 생각이 들었던 것 같다. 아니, 그전에 엘리베
이터 문이 열리면서 찌든 담배 냄새를 맡을 때부터
였나.

아침이 됐을 때, 나는 아버지께 먼저 전화를 했다.

"응, 그래."

"통화 괜찮으세요?"

나도 아버지처럼 물었다.

"괜찮으니까 받았지."

아버지는 역시 무뚝뚝하다.

"어제 면접을 봤는데요."

"생각보다 막 멋있는 일이 아니지? 그래도 집에서 노는 것보다는 낫잖냐?"

"아뇨. 그런 게 아니고. 제가 할 수 없는 일인 거 같아서요. 제가 성과를 못 내면 아버지 체면도 말이 아닐 거고."

"내 체면은 생각하지 마라. 성과 좀 못 내면 어떠냐. 매일 출근할 곳이 생긴다는 것만 우선 생각해."

"진짜로, 제가 자신이 없어요."

아버지는 잠시 말이 없었다. 그리고 더 낮은 톤

으로 말한다.

"들어가기도 전에 못 할 생각만 하면 안 되지."

"못 하는 건 못 한다고 해야죠."

"언제까지 그러고 있을 건데! 젊은데 매일 집에만 박혀서 세월 보내고 있을 거야?"

아버지는 격해진 목소리로 소리 질렀다. 평생 몇 번 들어본 적 없는 아버지의 고함 소리였다. 나는 집에만 박혀 세월을 보내지 않았다. 나름대로 바쁘고 분주하게 매일을 보내는데. 갑자기 눈물이 핑 돌았다. 물론 회사를 그만둘 때 잘했다고 했던 아버지가 어떤 마음으로 나를 그곳에 취직시키려 했는지 안다. 아버지는 그곳에서 내가 하게 될 일도 어느 정도 다 알고 있었으면서도 나를 일단 출근시키고 싶었던 거였다. 본인의 체면도 별로 중요하지 않았다. 딸이 매일 어딘가를 나갈 수 있다면. 그런 아버지께 나는 왜 자꾸 못 하겠다는 말밖에 못 할까? 왜 뭐든지 부정적인 것만 보는 걸까? 도 망만 치려고 할까? 목구멍에 뭔가 쿡 막힌 것 같았다. 아무 말도 할 수 없다. 이상한 울먹이는 소리만 입에서 새어 나왔다.

"미안하다. 못 하겠으면 마는 거지. 그만 끊자. 쉬어라."

아버지가 달래듯 말했다. 내가 서러워서 우는 줄 아시나 보다. 더 죄송해졌다.

*

숨이 가빠온다. 26분째 가파른 오르막길을 오르는 중이다. 휴대전화 지도 앱은 아직 14분은 더 가야 한다고 알려준다. 이런 곳에도 회사가 있구나. 대체 직원들은 어떻게 출근하는 걸까? 다들 차를 가지고 출근하려나? 여기를 지나가는 마을버스 같은 것도 없다. 역에서부터 자전거나 킥보드를 타기에는 길이 좁고 경사가 져서 위험하다. 오늘 이 미팅은 내가 프리랜서로 일을 해보자 결심하고 처음 가는 미팅이다.

오늘 가는 회사는 구직 사이트에 책을 쓸 사람

을 구한다고 올렸다. 지원서를 보낸 지 두 시간이 좀 안 됐을 때 그 회사에서 연락이 왔다. 무슨 책을 써야 하는지는 알려주지 않았다. 일단 와서 이야기하자고 했다. 책을 만드는 회사는 아니다. 여러 가지 앱을 만든 회사였는데, 처음에는 가상화폐를 만들다가 점차 다양한 서비스를 만들었다고 했지만 나는 거기서 만든 것들을 접해본 적이 없다. 회사 담당자라는 사람은 지금 보자고, 최대한 빨리 회사로 오라고 했다. 나는 급하게 집에서 나왔다.

담당자가 내게 차를 가져오지 말라고 한 이유가 있었다. 건물에 도착하고 보니 주차장이 따로 없었다. 건물 입구는 잠겨 있었다. 나는 숨을 고르고 인터폰에 나와 통화한 사람이 일한다는 '기획팀' 버튼과 수화기 버튼을 누른다. 연결이 되지 않고 처음으로 계속 되돌아갔다. 군데군데 지워진 설명을 다시 찬찬히 읽었다. 아, 마지막에 별표를 눌러야 하는데 나는 수화기 버튼을 누르고 있었다. 다시 시도한다. 연결이 된 것 같은데 아무 말이 없다. 혹시나 들릴까 싶어 인터폰에 대고 큰 소리로 말한다.

"저, 오늘 책 만드는 일로 온 최지수입니다."

아무 말 없이 잠긴 문이 텅, 하는 소리를 내며 열렸다. 문을 열고 들어가니 층별 안내가 있다. '기획팀'은 3층에 있었다.

3층에 올라가니 나와 통화했다는 팀장이 나와 있었다.

"일찍 오셨네."

'일찍'이 아니라 '빨리'겠지. 내게 몇 시까지 오라고 한 게 아니라 당장 오라고 했으니까. 팀장은 턱 끝을 약간 들고 시선을 아래로 내려다보듯 나를 쳐다봤다. 저런 태도를 전에 본 적이 있다. 홍보대행사에 다닐 때 우리에게 일을 맡기려던 어떤 작은 회사 담당자가 그랬다.

팀장은 내게 노란색 벨벳으로 된 의자에 앉으라고 했다. 그 앞에는 짙은 갈색 탁자가 있었다. 폭

이 넓은 탁자 맞은편에 앉은 팀장은 들고 있던 수
첩에서 자신의 명함을 꺼냈다. 그리고 탁자에 놓고
손끝으로 밀었다. 마치 카지노 딜러가 손님에게 카
드를 주는 것처럼 정확히 명함은 내 앞에 놓였다.
그 기술에 속으로 감탄했다. 명함을 이렇게 받은
건 태어나서 처음이다. 그런데 아무도 그녀가 사회
초년생일 때 명함 교환 예절을 가르쳐주지 않은 것
같았다. 자, 팀장님, 명함을 받았을 때는 이렇게 하
는 거랍니다. 나는 그 명함을 두 손으로 집어 들고
네, 이, 성, 임 팀장님, 이라고 그녀의 이름을 또박
또박 한 글자씩 읽었다.

　　내 명함을 꺼냈다. 어제 명함 제작 업체에서 찾
아온 첫 프리랜서 명함이었다. 아무런 소속 없이
내 이름과 전화번호, 이메일 주소만 적혀 있다. 나
도 명함을 탁자에 내려놓고 이 팀장 앞으로 밀어야
하나. 아니, 그건 내가 처음 세상에 내미는 프리랜
서 명함에 대한 예의가 아니다. 정확히 이 팀장 앞
으로 내 명함을 밀어서 줄 자신도 없었다. 회사 다

닐 때 하던 것처럼 두 손으로 명함을 건넸다. 그녀는 오른손으로만 명함을 받았다. 왼손이 같이 마중을 나오려다가 몸통 부근에서 멈췄다. 이 팀장은 내 명함을 자신의 수첩 사이에 끼워버렸다. 그리고 수첩 밑에 있던 책을 내게 밀었다. 이것도 내 앞으로 정확히 와서 멈췄다.

"우리는 이런 거 만들 건데, 아, 그건 작년에 한 거고 올해 걸 만들어 주면 되는데."

모든 말이 '데'로 끝나는 게 묘하게 기분이 나빴다. 책을 펼쳐서 넘겨 봤다. 한 해 동안 이 회사에서 있었던 일들을 정리한 연보 같았다. 앱을 만드는 회사에서 이런 종이책도 만드는구나. 사진도 있고, 그래프도 들어가고, 인터뷰 같은 것도 있었고, 박스 기사 같은 것도 있었다. 내가 사진을 유심히 본다고 생각했는지 이 팀장이 이렇게 말했다.

"사진은 우리가 찍어서 전달할 거니까 신경 안 쓰셔도 되는데."

당연히 신경 쓰지 않았다. 사진에 대한 건 공

고에 없는 내용이었다. 이 팀장은 자신의 옆에 있던 종이 더미를 내 쪽으로 밀었다. 이번에는 두 손으로 밀었다. 서로 낱장으로 된 종이들이 흩어지지 않고 내 앞에 멈췄다. 500장짜리 A4지 뭉텅이 세 개는 쌓아둔 것 같은 높이였다.

"일정이 좀 빠듯하긴 한데, 뭐, 자료도 우리가 이렇게 다 주니까. 목차 짜고 디자인까지 해서 14일, 다다음 주 금요일까지 인쇄소에 넘길 수 있죠? 거래하는 인쇄소 있으면 거기에 해도 좋고, 단가만 맞으면."

무슨 인쇄소? 원고를 써서 바로 인쇄소에 넘기라고? 자기들이 검토도 안 하고? 그럼 거기서 편집 디자이너가 디자인하는 건가? 아니, 내가 거래하는 인쇄소 있으면 거기서 하라는 걸 보니 그 얘기도 아닌 거 같은데. 내 표정이 조금 이상했는지 이 팀장이 물었다.

"왜요?"

"사실 지금 무슨 말씀 하시는 건지 잘 모르겠어

요."

"책 만드는 거, 모를 게 뭐가 있지?"

"책을 쓸 사람을 구한다고 되어 있어서 저는 원고를 쓸 사람을 찾는 줄 알았는데 제가 책을 알아서 다 만들라는 말씀인가요?"

"책을 쓸 사람이 책을 만들 사람이랑 똑같지."

"저는 일단 편집 디자인을 할 줄 모릅니다."

이 팀장은 수첩 안에 있던 반 접힌 종이들을 꺼내더니 내 앞에 흔들며 말했다.

"그럼 이건 뭐예요?"

그녀가 흔드는 종이는 내가 보낸 이력서와 경력 기술서였다. 나는 저 이력서와 경력기술서 어디에도 편집 디자인과 관련된 걸 쓴 적이 없다. 대체 뭘 보고 착각한 걸까? 내가 멍하니 있자 이 팀장이 말했다.

"이거, 디자인한 파일로 보냈던데. 그럼 이건 다른 사람이 해준 거예요?"

이력서와 경력 기술서는 문서 프로그램으로

작성한 거였다. 그리고 작성한 파일을 그 문서 프로그램 없이도 열어보기 편하라고, 그리고 내가 작성한 것들이 변형되지 않길 바라는 마음에서 고정된 형태로만 보고 인쇄할 수 있는 포맷으로 변형해 보냈다. 그리고 아마도 이 팀장은 내게 아까 보여줬던 저 책을 만들면서 편집 디자인된 파일이란 걸 받았을 때 같은 포맷의 파일을 받아본 것 같다. 아무리 그래도 그렇지, 가상화폐를 만들고 앱 개발하는 회사 팀장씩이나 되는 사람이 이렇게 널리 쓰이는 파일 포맷을 편집 디자인한 걸 받아볼 때 말고는 본 적이 없다고? 어이가 없었지만 겨우 진정하고 말했다.

"제가 문서작성 프로그램으로 작성해서 그 포맷으로 변환해 보내드린 거예요. 아마 편집 디자인 하신 분은 디자인툴을 써서 디자인한 다음에 그 포맷으로 변환해 드린 걸 거고요."

이 팀장은 한숨을 길게 쉬었다. 한숨은 내가 쉬고 싶은데. 그래도 자존심이 상한 것 같진 않았다.

"그럼 디자이너를 구하시든 어떻게 하시든, 200에 해주세요. 작년에 300에 업체에서 해줬거든요. 개인이 하시는 거니까 200이면 될 거 같은데."

같은 일을 하는데 왜 개인이 하는 거라고 100만 원을 줄이는 거지? 아니, 그리고 애초에 어떻게 책 한 권을 쓰고 디자인까지 하는 데 300만 원을 줬던 거지? 저 자료를 다 읽고 알아서 목차를 짜고 구성하고 원고를 쓰는 것만 해도 품이 많이 드는 일이다. 그리고 지난해에 낸 것 정도의 표지 디자인만 하려 해도 100만 원은 들 거다. 아까 본 작년 책에는 거의 모든 페이지마다 그래픽이라든가 박스 기사 같은 품이 많이 드는 디자인이 들어갔다. 단순히 글자를 페이지마다 얹는 정도가 아니다. 그걸 300페이지를 넘게 해야 하니까. 내가 편집 디자인을 할 수 있었더라도 도망가야 한다.

오르막길은 돌아갈 때 가파른 내리막이 된다. 나는 발가락 끝에 힘을 주며 걸어 내려왔다. 그러는 동안 이 팀장에게 다시 전화가 왔다.

"250은 어때요?"

300만 원에 해준 회사는 대체 어떤 곳일까? 얼마나 정신 빠진 회사일까? 그렇게 가격 후려치기를 당하고도 비싸다고 팽당하게 생긴 그곳은.

"300만 원도 싸게 하셨던 거예요. 거기에서 하세요. 그리고 그 업체에 잘해주세요."

오지랖까지 부리고 전화를 끊었다. 조금 걷다 보니 또 전화가 울렸다. 280만 원을 부르려고 이 팀장이 전화한 걸까, 했는데 아니었다. 영우였다.

"선배, 통화 괜찮아요?"

"응, 잘 지냈지?"

"뭐 하고 계세요?"

"걷고 있는데."

"아, 힘쓰는 일 하시나 했네요."

힘을 쓰고 있는 건 맞다. 내리막길을 내려오면서 발에 힘을 주고 있으니까.

"선배, 저 부탁이 있어요."

"응응, 뭔데?"

"저 다시 지원서 내고 있거든요. 근데 전 직장 동료 연락처 써내라는 데가 있어서."

"그래, 써. 그런 전화 열 번도 받아줄 수 있어."

영우를 응원하는 마음이 순수하기만 한 건 아니었다. 영우가 잘된다면 나도 잘될 수 있지 않을까? 그런 마음도 슬쩍 섞여 있었다. 그게 조금 미안해져 더 격하게 영우를 응원했다.

"전화 오면 내가 진짜, 너 뽑고 싶어 안달 나게 해줄게."

영우는 쿡쿡, 소리를 내며 웃었다.

"근데 어디 다녀오는 길이예요?"

나는 좀 전에 있었던 일을 간단히 말했다.

"그 300만 원에 해주던 회사랑 무슨 일 있었나 보네요, 그래서 급하게 대신해 줄 사람 찾는 거고."

"그런가? 근데 왜 태도가 그 모양이지? 자기가 아쉬우면서."

"에이, 선배. 우리도 그런 사람 많이 봤잖아요.

그 와중에 기죽이려고, 그래서 뭐 좀 후려쳐 보려
는 인간들."

시간이 아까웠다. 운동한 셈 쳐야 하나. 클라이
언트 미팅 연습한 셈 쳐야 하나.

"근데 선배, 편집 디자인 좀 할 줄 알잖아요."

"회사에서 급할 때 간단히 글자 수정 정도만 했
지."

"선배, 이건 그냥 갑자기 든 생각인데. 디자인
도 할 줄 알면 더 좋지 않을까요? 홍보 인쇄물 같은
걸 만들 때도 혼자 다 할 수 있잖아요. 아까 그 책
만드는 일은 좀 심했지만."

영우 생각이 일리가 있다. 디자인 툴을 잘 다루
면 더 많은 기회가 있을지 모른다. 디자인도 가능
한 만능 홍보인 최지수가 되는 거다.

*

세 달 동안 정부 지원을 받는 교육기관에서 편
집 디자인 과정을 수료했다. 디자인 툴을 배우는

건 어렵지 않았다. 하지만 툴을 다룰 줄 아는 것과 그 툴로 근사한 걸 만드는 것은 다른 얘기다.

교육받은 곳에서 일자리를 소개했다. 처음 소개한 곳은 리플릿을 만들 편집 디자이너를 뽑는 아주 작은 사무실이었다. 내 이력서를 보고 나이가 많으시네요, 라고 하더니 연락이 없다. 두 번째로 소개해 준 곳은 간간이 단행본 일감을 맡겨줄 출판사라고 했다. 일러스트 작업도 같이 할 수 있냐고 물어서 못 한다고 했고 이후로 연락이 없다.

세 번째로 갔던 곳은 소책자 같은 걸 만드는 회사였다. 책 한 권당 계약을 해 비용을 받고 일할 사람을 찾았다. 비용은 비교적 후한 편이었다. 내 이력도 마음에 들어 했다. 그런데 인쇄물 안에 들어갈 이미지나 사진에 대해 묻는 내게 그들은 알아서 하라고 했다. 이미지를 구매하는 데 쓸 예산이 얼마냐고 물어봐도 그런 건 없다고 했다. 무료 이미지를 쓰거나 내가 비용을 부담하고 이미지를 구매해야 했다. 특정 사건이나 특정 물건에 대한 사

진은 구매해서 쓸 수밖에 없었는데 그런 사진을 몇
장 사다 보니 내가 맡은 책 한 권을 디자인하고 받
을 돈과 비슷해졌다. 내가 다시 한번 이미지 파일
비용을 요청하자 회사 사장은 마우스 우클릭해서
저장하거나 캡처를 하라고 했다. 그러면 화질이 떨
어지고 워터마크도 있으며, 무엇보다도 무단 도용
한 거라서 법을 어기는 거라고 하자 사장은 사람이
그렇게 고지식해서 어떻게 하냐며 혀를 끌끌 찼다.
그러다 내게 못 하겠으면 그만두라고 했다. 나는
그러겠다고, 대신 그동안 구매한 이미지 파일은 드
릴 테니 그 비용만 정산해 달라고 했다. 사장은 모
니터를 보면서 혼잣말로 "그래, 이거나 먹고 떨어
져"라고 했다. 은행에서 입금됐다는 알림이 왔다.
건당 계약한 돈보다 10만 원이 부족하고, 이미지
구매 비용보다는 5만 원이 모자랐다.

　　할 줄 아는 건 하나 더 늘었지만 딱히 더 취직
하기 좋아진 것 같진 않다.

그리고 영우에 대해 묻는 평판 조사 전화는 오
지 않았다.

최지수(33세 9개월, 수험생)

부동산 공인중개사 자격증을 누가 '국민 자격증'
이라고 한 걸까? 앞에 국민이 붙으면 국민 모두 좋
아한다거나, 국민 모두 가지고 있다거나 그런 거
아닌가? 공부를 할수록 자격증을 딸 자신이 없어
진다.

　　온라인으로 공인중개사 시험 강의를 듣기 시
작한 건 두 달 전이다. 특히 민법은 무슨 말인지 전
혀 모르겠어서 0.7배속으로 들으며 강사가 하는

말을 거의 다 받아 적고 있다. 그러다 보니 진도가 나가지 않고, 공부해야 할 양도 줄지 않고, 시간은 간다.

이 자격증 공부를 시작한 건 서나의 방을 얻으러 부동산에 갔을 때 들은 말이 생각나서다. 서나가 계약하는 계약서까지 꼼꼼히 살펴보고 날짜 오류를 짚어내는 나를 본 중개사는 내가 엄청 꼼꼼하다며, 무슨 일 하냐고 물어봤다. 나는 여러 일을 조금씩 한다고 얼버무렸다. 중개사는 부동산 중개를 해도 잘할 것 같다고, 그러면서 물론 하시는 일이 있으시겠지만, 이라고 덧붙였다. 서나와 내가 계약을 마치고 나가려는데 중개사가 내게 속삭이듯 말했다.

"진짜로, 이 일 하면 잘할 거 같은데. 생각 있으면 한번 알아보고 자격증 따요. 개업 안 해도 이 동네 소속 공인중개사로 일할 데 많아요."

일할 데 많아요. 하지만 한동안은 잊고 있었다. 그러다 내가 지출한 이미지 구매 비용보다 5만 원을 덜 받고 편집 디자인하던 걸 던지고 나왔을 때 그 말이 다시 불쑥 생각났다. 이 이야기를 꺼내자 종윤은 격하게 그러라고 했다.

　일주일 동안 열심히 검색해 보고 서점에 가서 책도 찾아봤다. 적당해 보이는 유명 온라인 강의 사이트에 가서 패키지 상품을 결제했다. 홈페이지 나 앱에 로그인하면 강의가 과목별로 정렬돼 보였 다. 결제 며칠 후 엄청 큰 박스에 여러 권의 책이 가 득 담겨 도착했다. 시작도 하기 전에 질릴 것 같았 다. 안 된다. 이미 저질러 버렸다. 강의 리스트에 있 는 강의를 다 들어야 한다. 그리고 이 책들의 내용 을 모두 머릿속에 넣어야 한다.

*

　시험이 세 달 정도 남은 지금, 나는 2차 시험 과 목을 포기한다. 그래, 올해는 1차라도 붙자. 부동산 학개론과 민법이라도 열심히 해서 합격하기로 목 표를 수정한다. 온라인 강의를 결제할 때는 호기롭

게 올해 1차도, 2차도 합격해서 자격증을 받을 거라 생각했는데. 내년에 또 공부해야 한다는 것보다 온라인 강의와 책을 절반 이상 못 보고 돈을 날린다는 사실이 더 괴로웠다. 뭐든 돈 생각이 먼저 드는 건 구직활동이 길어지면서 생긴 습관이다. 공인중개사 자격증을 따고 돈을 벌게 되면 이런 습관이 좀 없어지려나.

서나는 진작에 불답시로 이사 왔다. 하지만 서나가 이사 오고 나서도 잘 만나지 못했다. 학원에 나가느라, 프리랜서로 일한다고, 편집 디자인 배운다는 핑계를 댔고 이제는 시험공부한답시고 서나가 만나자는 걸 거절했다.

오늘은 서나와 편의점에서 보기로 했다. 나는 닭가슴살 샐러드를 집었고, 서나는 티라미수를 집었다. 우리는 편의점 밖 테이블에 앉았다. 서나와 이렇게 앉는 게 정말 오랜만이다.

"미안해."

"됐어. 너 힘들잖아. 지치지 않고 계속 구직하는 게 어디 쉽냐, 이 연쇄 구직마야!"

연쇄 구직'마(魔)'라니. 너무 부정적인 거 아닌가?

"그냥 연쇄 구직자로 할래. 가치 중립적으로."

"그래, 연쇄 구직자 최지수! 시험 철썩 붙어서 연쇄 구직 끝내라."

서나는 내 샐러드 포장에 자신의 티라미수 통을 건배하듯 살짝 부딪쳤다. 뚜껑을 열고 막 먹기 시작할 때쯤 다솜이 지나가는 게 보였다. 나는 그 애를 불렀다. 다솜은 저녁 운동을 하고 가는 길에 이온 음료를 사러 왔다고 했다. 다솜은 서나를 알아봤다. 그리고 둘은 전화번호를 주고받았다.

민법 문제 풀이 강의를 2배속으로 보고 있는데 다솜에게서 메시지가 왔다.

— 내가 전에 얘기해 줬던 거 서나한테 얘기했어? 서나 남친!

― 아니.

― 말하기 좀 그러면 나랑 같이 말할래? 다 알고 난 다음에 서나가 선택해야지!

다솜의 말이 맞다. 하지만 다솜은 서나의 가정사를 잘 모르니까. 서나의 어머니, 아버지, 그리고 눈물 없이는 들을 수 없었던 서나의 직장생활을 모르니까. 서나가 여기 남아서 사는 쪽이 더 힘들 거다. 확실하지도 않은 그곳에서 못 지낼지 모른다는 가능성을 여기 남아서 불행할 것이 확실한 서나에게 말할 수 없다. 내가 답이 없자 다솜은 또 메시지를 보냈다.

― 슬쩍 힌트라도 줘.

일주일 뒤, 나는 서나와 편의점에서 컵라면과 인스턴트 떡볶이를 먹었다. 서나를 보는 내내 다솜의 말이 생각났다. 그건 소문일 뿐이고, 사실을 확인할 수도 없다. 사실이라고 해도 서나가 그 사람들과 행복하게 잘 살 수도 있다. 그런데 웃고 있는 서나의 눈을 보니 조금 두려워졌다. 퇴근길에 나와 컵라면을 먹으며 소소한 이야기를 하는, 이 정도 기쁨도 서나에게서 없어져 버리는 건 아닐까? 나는 담담한 척 서나에게 물었다.

"너한테만 묻는 건 아니고, 소위 결혼 적령기라고 하는, 그런 나이를 살짝 넘긴 남자와 결혼하는 애들한테 내가 한 번씩 물어보거든."

"뭔데?"

"그 남자 왜 아직까지 결혼 안 했는지 알아?"

그러고는 서나의 답을 듣기도 전에 구차하게 변명을 덕지덕지 붙였다.

"그러니까, 뭔가를 캐내겠다는 게 아니고, 나쁜 게 아니고. 이유가 어쨌든 있을 거잖아. 예를 들면 시험 준비를 오래 하느라 나이를 먹었다든지, 집안에 일이 있어서 결혼 생각을 안 했다든지 같은. 왜 아직까지 결혼을 안 했나, 그 이유가 네가 납득할 수 있는 거면 된다 이거지. 물론 사람마다 납득할 수 있는 이유의 범위가 다 다르긴 하지만."

"나, 알아."

내 구차한 질문에 대한 서나의 답은 짧고 간결했다.

"그럼 됐고."

"너도 다솜이한테 무슨 말 들었어?"

다솜이 벌써 서나에게 말을 한 걸까? 나는 시치미를 떼기로 한다.

"무슨 말?"

"아, 못 들었구나. 아니, 다솜이가 내 남자친구를 안다고 하더라고. 파혼했던 적 있다고 하면서."

벌써 다솜이 말했구나. 내가 주저하던 사이에.

"그래서?"

"그전에 오빠가 얘기했었어."

"왜 파혼했는데?"

"뭐, 잘 안 맞았나 보더라. 성격 차이."

"다솜이는 뭐라고 했는데?"

"파혼을 여러 번 했다고만 하더라. 뭐, 근데 파혼 여러 번 한 게 잘못은 아니잖아."

맞다. 파혼은 잘못이 아니다. 나는 고개를 끄덕이고 남은 컵라면 국물을 마셨다.

그리고 나는 공인중개사 시험을 봤다. 시험이 끝난 뒤 가지고 나온 시험지로 답을 맞춰봤다. '민법 및 민사특별법 중 부동산 중개에 관련된 규정'은 42.5점을 맞아 40점인 과락을 간신히 넘겼고, '부동산학개론'이 87.5점이어서 두 과목 평균이 65점으로 평균 60점인 커트라인을 넘었다. 2차 과목은 채점해 보지 않았다. 거의 풀지 못했으니까. 어쨌든 포기와 집중으로 간신히 공인중개사 시험 1차는 통과했다.

최지수 (35세 4개월, 소속공인중개사)

두 달 전 공인중개사 자격증을 땄다. 이 자격증을 따는 데 두 해나 걸렸다. 그래도 다행히 첫해에 1차에 합격해 그다음 해에는 2차 과목에 집중할 수 있었다. 교육을 마치고 개업한 공인중개사 밑에서 일할 소속공인중개사 자리를 알아봤다. 개업공인중개사는 혼자 일하거나 중개사 자격증이 없는 가족 등을 중개보조원으로 뒀다. 소속공인중개사를 뽑는 곳은 개업공인중개사가 사무실에 나오지 않아

소속공인중개사가 혼자 알아서 꾸려나가야 했다.
처음 일을 시작하는 입장에서는 부담될 수밖에 없
었다.

그러다 '불답최고부동산'이라는 곳에 취직하
게 됐다. 내게 공인중개사를 잘할 것 같다던, 내 집
과 서나 자취방을 구해준 중개사가 연결해 준 곳이
다. 불답최고부동산 문을 열고 들어가니 한 남자가
반갑게 인사한다. 약간 도드라진 광대 위로 두꺼운
근시 안경을 쓴 성실해 보이는 인상이다. 그가 내
게 명함을 건넸다. '불답공인중개사 대표 공인중개
사 이영진'이라고 적혀 있다. 이곳의 진짜 상호는
'불답최고부동산'일까, 아니면 '불답공인중개사'
일까?

"아유, 잘 생각했어요. 젊은 사람이 일찍 시작
하면 좋지. 여기서 배워가지고 얼른 하나 차려요."

이 자격증을 따고 결국 개업을 하는 게 궁극의
목표인가 보다. 난 아직 거기까지 생각 못 했지만.

그는 같은 자리에서 17년 동안 부동산 중개를 해왔다. 원래는 자신의 아내를 중개보조원으로 두고 일해왔는데, 아내가 갑자기 사고가 나서 병원에 있다고 했다. 처음 그는 아내 대신 일할 중개보조원을 뽑으려고 했다. 하지만 자기가 아내 병원에 가느라 자리를 비우면 중개보조원은 중개사보다 일하는 데 제약이 있기 때문에 소속공인중개사를 뽑기로 마음을 바꿨다.

"우리 집사람이 한 6개월에서 1년이면 회복하지 않겠어요? 우리 최 중개사님도 그동안 열심히 일하면서 배우면 되겠어요."

그는 차분하게 이것저것 자세히 알려줬다. 마치 개인 과외를 받는 것 같았다. 사회생활을 하며 만난 이들 중 내게 업무에 대해 이렇게나 상세히 설명해 주는 사람은 없었다. 그는 전화 받는 요령부터 바탕화면에 있는 스프레드시트에서 우리 부동산에 들어온 매물 확인, 추가, 계약 후 삭제, 매물을 보여주는 시간 약속하는 방법, 매물 거래정보망에 접속해 매물을 확인하고 등록하는 법, 다른 부동산의 매물을 연결하는 방법, 그때의 중개수수료를 나누는 비율 같은 걸 알려줬다.

"이렇게 설명해 드려도, 막상 실제로 해보면 또 달라요. 모르는 거 있으면 언제든 물어봐요."

이 대표는 평소 나보다 두 시간 정도 늦게 나왔고, 오후 5시쯤 되면 나보다 먼저 퇴근했다. 일주일에 세 번 정도 아내 재활치료 시간이라며 네 시간 정도 자리를 비웠다. 그런 날 그는 오후 5시쯤 잠깐 사무실에 들렀다가 갔다. 평일에는 찾아오는 사람이 별로 없었다. 물론 거래할 일도 없었다. 전화 문의만 좀 있을 뿐이었다. 그렇게 조용한 사무실에서 혼자 있을 때면 거래정보망의 매물을 구경했다.

내가 사는 아파트 단지의 매물들을 찾아봤다. 5년도 더 전에 사서 꾸역꾸역 대출금을 갚고 있는 사이 집값이 꽤 많이 올랐다. 어렴풋이 올랐다고는 알고 있었다. 그런데 3억 500만 원을 주고 샀던 이 아파트 60제곱미터의 매물 가격은 6억 3000만 원이었다. 지금 이 가격이 모두 호가, 즉 부르는 가격이니 실제로는 좀 더 싸게 거래된다고 쳐도 5억 원에는 팔리지 않을까? 실거래가를 찾아보니 지난해 말 1층 매물이 5억 9800만 원이었다. 그전까지 2억 정도가 더 비싸게 신고된 게 있었다. 그 이후로 부동산 가격이 전체적으로 떨어지는 시기라 떨어진 가격이 1층 실거래 가격이었다. 우리 집은 8층이니 그것보다 더 받겠지.

진짜 오랜만에 나 자신이 기특하고 가슴 벅찼다. 1억 6000만 원의 대출금이 짓누를 때마다 후회를 했는데. 길바닥에서 살 거냐면서 전세가 나오길 좀 더 기다려 보자는 종윤을 다그쳐 집을 사자고 한 건 나였다. 내가 취직을 하지 못해서 수입이 별로 없는 동안 그 대출금은 더 큰 무게로 나를 짓눌렀다. 이제 그렇게 생각하지 않아도 된다. 5년 동안 전세를 살면서 내가 벌었을 돈보다 집값이 더 올랐다.

그러다 옆 동에 나와 있는 매물들을 본다. 우리 집 바로 옆 동은 방이 하나 더 있는 79제곱미터다. 동향의 2층인데 8억 원이라고 나온다. 건너편 103제곱미터는 9억 2000만 원, 9억 4500만 원에 올라온 매물이 있다. 차라리 조금 더 모아서 103제곱미터로 가는 게 낫겠다. 그런데 돈을 모으는 동안 집값이 기다려 주지 않겠지. 그러면 차이가 더 벌어지기 전에 79제곱미터로 한 번 갈아타는 게 나으려나. 지금 일하는 중인데 내 집 옮길 생각이나 하고 있다니. 아니, 근데 일은 해서 뭐 하나. 한 번의 선택보다 더 돈을 못 버는데. 아니야, 최지수. 가장 안정적인 소득원은 근로소득이라고.

일 없이 아파트 가격만 검색하고 있는데 종윤이 메시지로 링크를 보냈다. 링크된 주소 앞부분을 보니 종윤이 다니는 회사 임직원몰인 듯싶었다. 링크를 눌러 종윤의 아이디와 비밀번호로 로그인했다. '기업과 함께하는 우리 농산물 응원하기'라는 페이지가 나왔다. 종윤에게서 메시지가 또 왔다.

— 복지포인트 10만 원 추가로 줬어. 농산물 구입하래. 더 살 거 있으면 개인카드로 결제해도 되고.

사과와 배 옆에 딸기가 보였다. 아, 딸기. 그러고 보니 나는 그때 딸기를 사 먹지 못한 뒤로 한 번도 딸기를 사 먹지 않았다. 집값이 올랐고 종윤이 다시 월급을 받기 때문에, 그리고 나도 이번 달부터는 월급을 받을 테니 딸기 정도는 사 먹어도 괜찮았다. 10만 원 한도에서 포인트로 사는 거니까 당장 돈이 들어가는 것도 아니었다. 그러나 딸기를 장바구니에 담으려다가 나는 주저했다. 그리고 화면을 계속 내렸다. 잡곡 12종 2킬로그램과 쌀 10킬로그램, 말린 산나물 세트를 담았다. 작은 기억들은 내 생각보다 힘이 세서 이렇게 나를 가로막는다.

오후 5시가 되자 이 대표가 왔다. 피곤해 보였다.

"별일 없었어요?"

대답하는 것도 민망했다. 일을 한 지 3주나 됐는데 계약서를 쓴 적은 한 번도 없었다. 그러니까 내가 고용된 뒤로 수익을 한 푼도 내지 못한 거다. 내가 작은 소리로 네, 라고 대답하자 그는 미안해하지 말라고, 내 탓이 아니라고 했다. 아내 병원비도 많이 나오는 것 같던데.

"최 중개사도 그만 정리하고 들어가요."

그는 매물이 적힌 자신의 수첩을 한 장 한 장 넘기며 말했다. 나는 컴퓨터를 끄고 자리를 정리한다. 가방을 어깨에 메는 그때, 한 커플이 사무실로 들어왔다. 하늘거리는 재질의 아이보리색 원피스를 입은 긴 머리의 여자가 하늘색 셔츠와 면바지를 입은 키가 큰 남자의 팔짱을 끼고 있었다. 신혼부부구나. 남자가 말했다.

"저희가 좀 늦게 왔나요?"

"아, 아닙니다, 앉으세요."

이 대표는 그들에게 소파에 앉으라 권했다. 나

는 생강차를 세 잔 타서 가져갔다. 이 대표의 얼굴에 생기가 돌았다. 나는 내 자리로 가 컴퓨터를 다시 켰다.

"매매를 알아보시는 걸까요, 전월세를 알아보시는 걸까요?"

남자는 휴대전화를 꺼내 화면을 몇 번 누르더니 그걸 보고 말했다.

"신혼집 구하는데요, 올해 10월 전에, 이왕이면 8월 정도부터 들어갈 수 있으면 좋겠고요, 예산은 2억 5000만 원인데 3억까지는 해볼 수 있어요. 예산에 맞으면 매매도 좋고 전세도 상관없고, 방은 두 개 이상, 주차 공간은 꼭 있었으면 좋겠어요."

이 대표가 말하기 전에 내가 말한다.

"제가 찾아볼게요."

이 대표의 수첩에서 조건에 맞는 매물을 찾는다. 전세는 4억짜리 두 개가 있었다. 컴퓨터 바탕화면의 '매매' 시트에는 가격이 5억 원부터 시작이었다. 전세는 4억 원부터 시작이었다. 월세는 원룸

일곱 개만 있었다. 매매가가 떨어졌고 전세를 싸게 내놔도 나가지 않는다지만 3억 원 밑으로는 구하기 힘든 게 현실이다. 거래정보망에 접속해 3억 원 이하로 설정하고 검색했다. 매매는 역시 없다. 전세 매물도 조건에 맞는 건 딱 한 개가 있는데 올라온 날짜가 3일 전이다.

"잠시만 전화해서 확인 좀 할게요."

매물을 올린 부동산에 전화를 건다. 오늘 오전에 계약서를 썼다고, 매물 정보 안 내려서 미안하다고 했다. 그래, 내가 신혼집을 볼 때도 그랬다. 다른 동네보다 전세가 싸다던 동네였는데, 기울어진 욕실 선반과 연통이 빠질 것 같은 보일러를 고쳐주지 않겠다던 집 빼고는 다 비쌌다. 다른 건 없냐고 물으면 "그 돈 가지고는 이런 거밖에 없어요"라고 하던 부동산 중개인들이 떠올랐다. 나는 그러지 않겠다. 가지고 있는 예산 안에서 최대한 좋은 집을 찾아줄 거다.

"아직 시간이 좀 있으니까 천천히 찾아봅시다.

원래 보러 오신 첫날에 집 보고 계약하는 분 잘 없어요."

나는 커플의 연락처를 받아 적었다. 그들은 우리에게 잘 부탁한다고, 토요일에 다시 오겠다고 했다.

"그때까지 매물 많이 찾아 놓을게요."

약속된 토요일이 됐는데 보여줄 매물은 두 개밖에 없다. 그나마 한 개는 반전세였다. 이 대표는 아내가 침대에서 떨어져 다쳤다며 못 나온다고 했다.

"걱정 말고, 일단 집을 보여드려요. 혹시 계약하게 되면 최 중개사는 처음 계약하는 거니까 연락하고."

나는 아침 10시에 온 예비 신혼부부와 두 군데 매물을 보러 갔다. 첫 매물은 전세 2억 7000만 원짜리로 근저당권 설정 1억 원이 있는 지은 지 20년 된 한 동짜리 빌라였다. 빌라 입구에는 폐기물 신고를 하지 않고 버리고 간 가구, 바퀴와 핸들이 빠진 빛바랜 아동용 자전거 같은 잡동사니가 있었다. 따로 주차장이 없어서 건물 앞에 엉킨 차들이 있었고, 그 사이에서 싸우던 사람들도 있었다. 집 안은 깨끗하고 넓었다. 그렇지만 이미 이 예비부부는 이 집이 싫은 듯했다.

두 번째 매물은 지은 지 3년 된 빌라였다. 보증금 2억 5000만 원에 월세 30만 원이었다. 거의 새 집이었지만 지금 사는 세입자가 담배를 피우는지 온 집에서 담배 냄새가 났고 욕실에는 찌든 담배 냄새는 물론이고 곰팡이와 물때가 눈 뜨고 볼 수 없을 정도였다. 집을 보고 건물 계단을 내려오는데 커플의 얼굴이 어두웠다. 여자 눈에는 눈물이 고인 것도 같았다. 어떠셨냐고 물어보기도 민망했다.

"이런 집밖에 없을까요?"

물어보는 여자의 목소리가 약간 떨렸다.

"좀 더 찾아볼게요. 꼭 마음에 드는 집 구하실 거예요."

건물에서 나와 걷는데 이 대표가 전화했다.

"그 신혼부부, 가셨어요?"

"아뇨, 이제 가실 거예요. 저희가 좀 더 찾아보 겠다고 하고 있었어요."

"다행이네. 내가 갑자기 연락을 받았는데, 일 단 집을 먼저 보여드려요. 사거리 약국 뒤 신축건 물 알죠? 거기 분양을 우리 부동산에서 했거든. 근 데 거기 201호 분양받으셨던 사모님이 전세 놓는 다고. 문은 거기 경비실에서 열어줄 거니까, 자세 한 건 내가 문자로 보낼게요."

우리는 이 대표가 알려준 신축건물에 도착했 다. 커플의 표정이 아까보다 밝아졌다. 오래된 건 물과 엉망으로 쓴 집을 보고 난 다음이라 더 그럴 거다. 둘은 마음에 드는 눈치였다. 벽돌과 징크 벽 면이 섞여 있는 7층짜리 건물이었다. 1층은 필로티 구조로 주차를 할 수 있게 해놨다. 근데 7층짜리 건 물치고는 주차 자리가 부족한 거 같은데.

"예쁘다. 그치?"

아직 집을 보지도 않았는데 기뻐하는 게 보였다. 경비실에서는 201호 문을 열어뒀다고 했다. 무인택배함을 지나 공용현관으로 들어갔다. 엘리베이터 앞에 유명 브랜드를 카피한—조명 끝부분 형태가 오리지널보다 더 둥글다—커다란 조명이 달려 있었다. 예비부부는 이 조명에 마음이 빼앗긴 것 같았다. 여기 살면 매일 이런 조명 아래에서 엘리베이터를 기다리겠지, 같은 표정이었다. 2층은 계단으로 올라가도 됐지만 엘리베이터를 직접 타보는 것도 좋을 것 같아서 그렇게 했다. 엘리베이터는 정숙했다. 그리고 부드러운 소리로 2층에 도착했음을 알렸다.

201호 현관문이 열리고, 중문을 열고 들어간 커플은 좁은 면적에 조금 당황한 것 같았다.

"이게 몇 평이죠?"

"음, 이따가 정확히 알려드리겠지만, 아파트로 치면 15평 정도 될 거 같네요."

"우리 양문형 냉장고는 못 놓겠다."

빌트인으로 들어가 있는 냉장고를 열며 여자가 말했다.

"그래도 빌트인이 잘 돼 있어서 따로 살림 사는 돈 굳으실 거예요. 붙박이장도 돼 있고 여기 천장에 에어컨도 있고, 저쪽에 세탁기도 있고요, 인덕션이랑 식기 세척기도 새거로 들어와 있네요."

그 말에 커플의 표정은 다시 좋아졌다.

"작으면 청소하기 좋지."

"맞아. 이거 빌트인으로 된 것도 다 새거라서 좋다."

"근데 얼마예요? 예산 안에 들어오겠죠?"

"아, 잠시만요."

이 대표의 메시지가 와 있었다.

― 201호 49(전용39) 전세 3억. 근저당 없음. 전세대출 불가. 전세반환보험 불가.

"아, 저희 대표님 메시지를 봤는데, 주인분이 전세를 3억에 내놓으셨네요. 근데 전세금 대출이

랑 보증금 보험 가입이 불가하다는데, 괜찮으시겠
어요?"

"괜찮아요. 가격도 아까 봤던 거 생각하면 저렴
하네요. 가전이나 가구 같은 거 당장 안 사니까."

이들과 사무실로 와서도 뭔가 찜찜했다. 대출
이랑 보험이 가입 안 된다는 점이 걸렸다. 등기사
항전부증명서를 열람했다. 근저당 설정 없이 깨끗
했다. 나는 그걸 출력해서 커플에게 전달한다. 미
리 공부해 왔는지 둘은 하나씩 손가락으로 짚으면
서 속닥거린다.

"천천히 보고 계세요. 저는 하나만 더 확인하고
요."

나는 건축물대장을 열람한다. 역시. 용도가
사무소로 돼 있었다. 위치도 괜찮은 새 빌라를 이
동네 시세보다 싸게 얻을 수 있는 것은 이들에게
좋은 선택지는 아닐까, 라는 생각이 잠깐 들었다.
그 선택지를 없앨 권리는 내게 없다. 선택은 이들

몫이다. 나는 중개사로서 알려줄 것을 알려주면
된다.

나는 건축물대장을 출력해 '사무소' 부분을 형
광펜으로 칠해 커플에게 내민다.

"무슨 문제가 있나요?"

"혹시 '근생빌라'라는 말 들어보셨어요?"

이 대표는 내게 오늘 있었던 일을 듣더니 화를
냈다.

"아니, 대체 왜 그런 거예요?"

항상 온화하던 사람이 화를 내니 좀 무서웠다.
나는 조금 위축돼 변명하듯 중개사가 알려줘야 할
걸 알려준 거라고 말했다. 그는 더 큰 목소리로 말
했다.

"대출도 안 되고 보험 가입도 안 된다, 그렇지
알려주면 다 알려준 거지. 괜히 그 집이 그렇게 싸
게 나왔겠어요? 최 중개사가 뭐라고, 응? 그런 식
으로 해서 어떻게 영업을 해요?"

어쩌면, 어쩌면 이것이 나의 문제점인지 모른다. 참지 못하는 것. '그런 식'으로 해버리는 것. 그리고 도망치는 것. 나는 또 참지 못하고 뛰쳐나왔다.

그리고 이 부근에서 소속공인중개사로 재취업할 수 없었다. 간혹 뜨는 구인 공고를 보고 연락하면 사람을 구했다며 거절했다. 그러고도 한참을 공고를 내리지 않았다. 또 다른 곳은 처음에는 반기더니 그다음 날 같이 일하기 힘들겠다고 했다. 분명한 이유를 말해주지 않았다. 그리고 이틀 후 구인 공고를 다시 올렸다. 물론 내가 보낸 지원서를 보고도 아무 연락 없는 곳이 훨씬 많았다.

최지수(35세 6개월, 카페 아르바이트생)

"내일부터 나오세요."

　이번이 일곱 번째 아르바이트 면접이었다. 세어보지 않았지만 지원서는 훨씬 더 많이 썼다. 대부분은 당연히 연락이 없었다. 공인중개사로 구직할 수 없어 우선 아르바이트라도 해보자 싶었다. 그것도 쉬운 일이 아니었다. 나를 원하는 곳이 없었다. 대면이나 전화 면접을 했던 곳은 각각 다른 이유를 말했다. 딱히 우리 업종 경력은 없는 거네요, 우린 경력자를 뽑았으면 하는데. 나이가 좀, 많으세요. 이력을 보니 대단한 분이신데 저희랑 일하기는 좀 부담스럽네요. 무거운 거 잘 못 드실 거 같은데, 우리는 좀 튼실하니 힘 잘 쓰는 사람이 필요해요. 근무 시간이 긴데 남편분이 허락해 주시려나? 내게 연락 안 한 많은 곳들도 이런 비슷한 이유로 나를 뽑지 않았을 거다. 딱 한 곳은 내가 거절했는데, 아르바이트 채용 공고에는 주 5일 근무라더니 실제로는 격주로 딱 하루만 쉰다고 했기 때문이다.

이 카페는 문 연 지 얼마 안 된 곳이었다. 오후 2시까지 출근해서 4시간 일하고 6시에 끝난다. 그렇게 일주일에 네 번만 출근하면 된다.

손에 익지 않은 포스기를 조작하며 주문을 받는다. 메뉴 이름만 겨우 외웠다. 구체적으로 어떤 맛인지, 어떤 것이 들어가는지 물어보면 대답할 수 없다. 음료마다 들어갈 수 있는 옵션도 달랐는데,

허브티인데 샷 추가 옵션을 누르거나, 청포도주스인데 우유 추가 옵션을 주문받지 않도록 주의해야 한다. 실제로는 그런 옵션을 적용해 음료를 만들 수 없지만 왜인지 이 카페의 포스 화면에서는 옵션이 선택되기 때문이다. 그리고 마지막으로 각종 '페이'들과 카드, 현금으로 결제를 실수 없이 해야 한다. 가끔 분할 결제를 할 경우 종류가 다른 결제 수단을 쓰기도 했다. 그럴 때는 카푸치노 7500원은 이 체크카드로 하시고, 당근 케이크 8000원은 저 페이로 결제하시는 게 맞는지요, 같이 한 번 더 손님에게 확인해야 했다.

주문을 기다리는 줄이 점점 길어진다. 큰 실수는 없지만 내 주문받는 속도가 느리다. 사장님이 그나마 이 자리가 나을 거라 생각해서 나를 여기 세워뒀다. 나는 아예 커피나 음료를 만들 줄 몰랐기 때문에 주문을 받으라고 했다. 물론 다른 알바생과 사장님이 능숙한 건 아니었다. 새로 오픈한 곳이라 알바생들은 뭐가 어디에 있는지 손에 익ᄌ

않은 곳에서 메뉴를 만들고 치우는 일들이 어색했고 사장님은 우리를 총괄해서 가게를 이끄는 걸 어색해했다.

"지수 선배?"

샷 추가 아메리카노를 주문하던 사람 뒤에서 빼꼼히 얼굴을 보인 사람은 영우였다. 나는 영우에게 짧게 웃어주고 다시 손님의 카드를 받아 결제한다. 영수증과 카드, 진동벨을 받은 손님이 가고 이제 영우 차례다.

"선배 여기서 일해요?"

"응, 오늘부터. 너는 어쩐 일이야."

"회사가 저기 하얀 건물."

저 건물에는 큰 홍보대행사가 있다. 영우가 내 번호를 적어 냈다던 그 회사가 아니었다. 그 회사에서는 내게 연락하지 않았고, 영우도 내게 연락하지 않았다. 나는 영우에게 묻지 못했다. 그렇게 우리는 꽤 오래 연락하지 않았다. 그래도 다른 큰 회사에서 일하게 돼서 다행이다. 나는 영우와 뒤에

선 줄을 번갈아 보며 말했다.

"우리, 주문부터 할까?"

"아, 죄송해요. 저는 캐모마일차요."

영우가 카드를 내밀었다. 나는 카운터 밑에 둔 내 휴대전화로 페이를 실행해 결제한다.

"약소하지만 취직 선물이야. 너무 늦었나?"

"퇴직 선물로 쳐주세요. 저 내일 퇴사해요."

정말 많이 늦었구나. 그동안 영우에게 어떤 일이 있었는지 궁금했다. 하지만 더 이야기할 수 없었다. 주문을 기다리는 줄이 있었으니까. 나는 계속 주문을 받아야 했다. 캐모마일차를 받아 든 영우는 자신의 손에 든 휴대전화를 귀에 대는 시늉을 하면서 입을 벙긋거렸다. 전화할게요, 라고 하는 것 같았다. 그리고 카페를 나갔다.

저녁 알바가 갑자기 못 나온다고 했다. 사장은 내게 오늘만 세 시간을 더 일할 수 있냐고 물었다. 그러겠다고 했다. 나는 밤 9시까지 서서 주문을 받고 자리를 정리하고 빈 컵과 접시, 믹서기 같은 걸 설거지했다. 그리고 9시가 지나자 야간 알바가 와서 교대했다. 탈의실 겸 휴게실 겸 창고로 갔다. 가방과 겉옷을 챙겨 나오는데 사장이 문 앞에 서 있었다.

"지수 씨, 나 좀 볼까요?"

빨리 집에 가고 싶은데. 너무 배가 고프고 피곤했다. 사장의 표정이 좋지 않은 건 나처럼 피곤해서일까, 아니면 다른 이유 때문일까?

사장은 굳이 맞은편 베이커리 카페로 나를 데리고 갔다. 뭘 먹겠냐고 물었다. 굳이 왜 남의 업장까지 와서 이런 걸 사주는 걸까? 어쨌든 배가 고팠으므로 나는 햄치즈 파니니와 키위주스를 먹겠다고 했다. 사장은 탄산수 하나를 주문했다. 메뉴를 기다리는 동안 우리는 아무 말도 하지 않았다. 이미 나는 말할 기운이 없었다. 메뉴가 나왔고, 사장이 가져온 파니니와 주스를 내 앞에 놨다. 그리고 탄산수 병을 따서 얼음 잔에 콸콸콸, 따랐다.

"먹어요."

배고프다는 생각이 '왜 내게 이걸 사주지?'라는 의문을 덮어버렸다. 나는 허겁지겁 파니니를 입에 쑤셔 넣었다. 키위주스는 컵에 꽂힌 빨대를 빼고 벌컥벌컥 마셨다. 이제 좀 정신이 드는 것 같다. 사장은 탄산수를 다 마시고 얼음을 씹으며 나를 쳐다보고 있었다. 그러다 내가 입에 있는 걸 마지막으로 씹어 넘기자 말했다.

"우리가 진짜 바빠요. 그죠?"

나는 고개를 끄덕였다.

"그래서 숙련자가 있어야 할 거 같아요."

"그러면 좋죠."

"근데, 그러려면 지수 씨가 그만 나와야 할 거 같네요. 미안해요."

그러면서 봉투를 내밀었다. 받아 든 봉투는 무척 얇았다.

"오늘 수고했어요. 나 먼저 일어날게요."

사장은 도망치듯 나갔다. 봉투를 열었다. 5만

원짜리 한 장과 1만 원짜리 한 장이 들었다. 5만 원짜리 한 장을 주려다 자기가 생각해도 너무한 것 같아서 1만 원짜리를 더 넣은 걸까? 일곱시간 일했으니 소수점 첫째 자리에서 반올림하면 시간당 8571원이다. 법정 최저 시급보다 덜 준 대신 파니니와 주스를 사준 건가?

여기서 일하기 위해 나는 4만 원을 썼다. 보건증, 그러니까 건강진단결과서에 4만 원을 지불했다. 가까운 보건소에서 발급 업무를 중단했기 때문에 안내된 내과로 가서 받았더니 그렇게 비쌌다. 그러니까 오늘 나는 2만 원과 파니니, 주스를 벌었다. 밥 먹는 시간도 쉬는 시간도 없이. 그리고 이게 그곳에서 아르바이트한 처음이자 마지막 날이었다. 휴대전화에는 부재중 전화가 두 통 찍혀 있었다. 모두 영우였다. 나는 다시 전화를 걸지 않았다. 아무와도 연락하고 싶지 않았다.

최지수(35세 7개월, 디자인 스튜디오 직원)

서원 선배의 전화를 받다가 나는 울었다. 단순한 안부 전화였는데 "무슨 일 있구나"라는 선배의 말에 울음이 터졌다. 대체 왜 이러지? 울음은 더 격해졌다. 입을 꾹 다물었지만 작게 끄윽, 흡, 같은 소리가 새어 나왔다. 선배는 아무 말도 하지 않았다. 말을 할 수 있을 정도로 조금 진정돼 미안하다고 하려는데 선배가 말했다.

"너 괜찮으면 여기서 일할래? 출근은 화, 목

만."

　괜히 없는 일 만들듯이 없는 자리를 만들려는
건 아닐까? 내 생각을 읽었는지 선배가 말했다.

　"여기서 주문도 좀 받고 전화도 받고, 내가 발
표 자료나 제안서 같은 거 잘 못 만들잖아. 그런 것
도 좀 도와주라."

　일주일에 두 번 출근에 오전 10시부터 오후
7시까지, 한 달에 200만 원을 기본으로 주고 초과
로 일을 하면 그 비용도 정산해 주겠다고 했다. 그
러니까 한 달 동안 내가 선배 스튜디오로 출근하면
일단 200만 원을 받는 거였다. 그동안 선배와 일하
면서 인심이 후하다는 건 알고 있었다. 당황스러울
정도로 후할 때도 있었으니. 나는 더 이상 사양할
형편이 아니다. 카페에서 하루 일한 게 조금이라도
도움이 되어야 할 텐데. 나는 선배에게 출근하겠다
고 했다.

　"잘해보자."

출근 첫날, 선배는 내게 손을 내밀었다. 나는 그 손을 잡았다. 선배는 맞잡은 손을 두 번 흔들어 악수를 하고도 내 손을 지그시 누르듯 잡고 놓지 않았다. 선배 손은 아주 뜨거웠다. 좀 오래 잡고 있는 것 같아 내가 손을 빼려고 하자 그제야 내 손을 놨다.

언제든 더 좋은 기회가 생기면 그만둬도 된다고 선배는 말했다. 선배 스튜디오에서 파는 제조 음료는 아메리카노, 에스프레소, 그리고 카페라테가 전부였다. 나머지는 티백을 뜨거운 물에 담가 주거나 병 음료를 얼음 잔과 함께 내주면 됐다. 나는 선배 없이도 능숙하게 카페 카운터를 볼 수 있게 됐다. 선배 책상 옆에 내 책상도 생겼다. 나는 손님이 없을 때 틈틈이 선배가 하는 일의 프레젠테이션 슬라이드를 만들거나 제안서를 썼다. 선배가 시키지 않아도 바닥의 작은 얼룩을 닦거나 조명을 먼지 솔로 훑었다.

출근하고 세 번째 목요일, 스튜디오에 미진 선배가 오기로 했다. 미진 선배 회사에서 하는 공익 캠페인에 쓸 이미지를 우리 스튜디오가 맡게 돼서다. 먼저 스튜디오 근처 초밥집에서 점심을 먹기로 했다. 서원 선배는 오전에 출근할 필요 없이 바로 낮 12시에 음식점으로 오라고 했다. 점심 식사 시간 동안 스튜디오를 비워둬도 되냐고, 음료 마시러 오는 손님이 있으면 어떡하냐고, 선배가 점심 먹을 동안 내가 스튜디오를 지키고 있겠다고 했다. 서원 선배는 그건 걱정 말라고 했다. 스튜디오 소셜미디어 계정에 이미 오늘 임시 휴무라고 공지를 올렸다고, 아무도 방문하지 않을 거라고 했다.

간단히 식사를 마친 우리는 식당을 나왔다. 서원 선배는 음식점 마당 한편에 세워 둔 자전거를 끌고 나왔다. 그때 타고 왔던 그 남색 자전거다. 또 뒤에 타라고 하면 어쩌지? 더구나 오늘은 세 명인데, 누군가는 걷고 누군가는 뒤에 타고, 뭐 그러는 건가? 그렇다면 내가 걷는 게 낫지.

"미진 선배, 같이 타고 가세요."

"뭘? 저 자전거? 저거 혼자 타는 건데."

저 뒤에 앉으면 되는 거 아니냐고 물으려는데 헬멧을 쓴 서원 선배가 먼저 출발한다고 했다. 그리고 혼자 자전거를 타고 사라졌다. 나는 미진 선배와 걸었다.

"서원 선배 자전거, 뒤에 사람 탈 수 있잖아요."

"뭐, 탈 수야 있겠지. 근데 아무도 안 태워."

선배는 나를 빤히 쳐다봤다. 그리고 말했다.

"근데 자전거에 웬 관심?"

나는 문화재단 가는 길 이야기를 하지 않았다. 말이 너무 길어질 것 같았다. 그냥 선배에게 웃어 보였다.

"우리, 마카롱 사가지고 갈까? 이건 내가 살게."

미진 선배는 초록색 바탕에 금색으로 글씨가 써진 가게 문을 열었다. 내부가 하얀 대리석으로 꾸며진 작은 가게였다. 앉아서 먹을 공간 없이 포장해 갈 수만 있었다. 미진 선배는 레몬과 민트, 딸기, 바닐라 맛을 각각 세 개씩 담아달라고 했다. 그리고 초콜릿 맛은 여섯 개 담아달라고 했다. 미진 선배는 흰색 상자가 든 짙은 초록색 봉투를 받아 들고 계산했다. 그리고 우린 별말 없이 스튜디오로 걸었다.

먼저 도착한 서원 선배는 커피를 내리고 있었다. 미진 선배는 마카롱이 든 상자를 열어 테이블 가운데에 놨다. 테이블에는 내가 만든 프레젠테이션 파일이 인쇄돼 올려져 있었다. 미진 선배는 그걸 넘겨 보며 말했다.

"지수가 했지?"

"어떻게 아셨어요?"

"서원 씨는 이런 거 못해. 서원 씨, 얘 이런 거 시키려고 뽑은 거지?"

"다른 것도 시키려고 뽑은 건데. 전화도 받고, 나 대신 카페도 운영하고, 인쇄물 디자인도 잘해."

"벌써 여러 가지 부려먹으셨네."

미진 선배가 자리에 앉아 커피잔을 들며 말했다.

"지수 월급 많이 받아야겠다. 얼마나 준다고 하디?"

서원 선배가 대신 대답했다.

"이백."

"장난해? 야, 최저 시급은 되니?"

"일주일에 이틀만 출근해요. 더 근무하면 시급 계산해 주기로 하셨고요."

"서원 씨, 제대로 잘 챙겨줘라."

서원 선배는 내 어깨를 한 손으로 지그시 누르며 말했다.

"당연하지."

내 어깨에 닿은 그 손은 뜨겁고 부드러운데 딱 달라붙어 절대 떨어지지 않을 것 같았다. 나는 반사적으로 마치 꿈틀대는 벌레를 떨어내듯, 선배의 손을 탁, 하고 쳐냈다. 따귀를 때린 듯 소리가 생각

보다 크게 났다. 그리고 잠시 고요했다. 서원 선배
가 사과했다.

"미안, 미안."

"왜 그랬어? 스킨십도 싫어하는 사람이."

미진 선배는 과장해서 나무라듯 말했다. 서원
선배는 내 쪽으로 마카롱 상자를 밀었다.

"초코 맛이 맛있어. 여기 이거."

"진짜 미안한가 보네. 지수야, 서원 씨 초코 맛
아무한테나 양보 안 해."

미진 선배가 여섯 개나 샀던 초콜릿 맛 마카롱
이 원래는 다 서원 선배 거였나 보다. 이런 유치한
사과를 받고 넘어가야 하는 걸까? 그렇다고 웃고
넘기기도 찝찝했다. 작은, 아마도 오해일지도 모를
작은 일들이 그사이에 쌓여서 이번에 이렇게 반응
한 건지 모른다. 서원 선배와 걸을 때면 어깨를 기
댈 듯 자꾸 옆으로 오던 때가, 이미지를 만들 때 필
요하다며 내 손을 촬영하면서 손 포즈를 고쳐준다
고 손가락을 계속 만지던 일이, 시안을 완료하고

하이 파이브를 하자더니 내가 내민 손을 깍지 끼
며 잡던 밤이 생각났다. 아니 애초에 면접 볼 회사
를 소개해 주고 아르바이트거리를 주려고 했던 때
와 문화재단 갔던 날 일들, 여러 배려들, 그리고 이
곳에서 내게 일을 하라고 한 것 역시 그저 고마워
만 하고 넘길 일이었을까? 아니, 내 편견 섞인 오
해일지도 몰라. 미진 선배와 사귀었다고 하니까 괜
히 별다르게 느끼는 걸지도 모른다. 나는 남들에게
열린 척하면서 속마음은 편견 덩어리였을까? 여러
마음이 뒤엉켰다. 초콜릿 맛 대신 레몬 맛 마카롱
을 집었다. 그리고 그걸 입에 넣으며 뭐라고 말하
고 이곳을 그만둘지 생각했다. 내 편견과 오해 때
문이더라도 나는 불편하고, 더 이상 불편을 참고
싶은 생각이 없다.

　그리고 다음 주 목요일, 나는 원 선배에게 그만
두겠다고 했다. 너무 급작스럽게 취직이 됐다는 것
도 이상할 것 같아 친구가 회사를 만드는데, 같이

하게 됐다고 했다. 언제든 그만둬도 된다고 했으니까, 나는 이렇게 그만둔다.

"그래, 돈 많이 벌고 성공해."

선배는 담담하게 웃으며 말했다. 그 얼굴을 보고 있으니 미안한 마음이 들었다. 그리고 내가 진짜 고마운 사람을, 복을 걸어차 버리는 건 아닐까, 싶었다. 하지만 그런 생각은 곧바로 사라졌다. 원선배가 이렇게 말했으니까.

"일주일에 한 번, 힘들면 한 달에 한 번이라도 꼭 보자, 우리."

그래, 선배의 이런 점이 불편해서 그만두려 했던 거였다. 나는 에둘러 거절한다.

"일 시작하면 좀 바빠질 거 같아요."

선배는 포기하지 않는다.

"내가 너 있는 데로 가면 되지. 차 한잔이라도 꼭 하자."

그래, 말 길게 할 필요 없지. 우선 고개를 끄덕인다. 나오려는데 선배가 악수를 청한다. 진짜 마지막이다. 얼른 악수하고 가야겠다. 선배는 꽤 오래 내 손을 꼭 잡고 흔들다 놓는다. 스튜디오에서 나와 지하철역으로 걸어가면서 휴대전화를 꺼낸다. 원 선배를 차단할까 하다가 그녀의 메시지 알림음과 전화를 무음으로 설정한다. 차단하면 원 선배가 눈치챌 것 같았다. 다시 취직을 해야 할지 모르는데 괜히 적을 만들고 싶지 않다. 그게 언제일지는 모르지만, 당분간은 할 수 있을지 모르겠지만.

최지수(35세 8개월)

서나가 점심때쯤 메시지를 보냈다.

　— 나 퇴사 날 나옴. 다음 달 말일. 결혼 날짜도
잡았음.

　언젠가는 서나가 그와 결혼할 거라고 생각하
긴 했다. 그런데 퇴사라니. 지난번 만났을 때만 해
도 퇴사 비슷한 말은 전혀 하지 않았다. 그런데 왜
이렇게 갑자기, 그리고 왜 휴직이 아니라 퇴직을
하는 걸까? 공무원이라면 배우자 때문에 다른 나

라에 거주해야 할 경우 1년이나 2년 정도는 휴직이
될 텐데. 그곳에 영 적응하지 못하겠으면 돌아올
곳을 남겨두는 것도 괜찮을 텐데. 왜 서나는 다시
건너올 수 있는 다리를 다 불태워 버리는 걸까?

그런 생각들이 마구 머릿속에 떠올랐지만 나
는 그 생각 중 어떤 것도 서나에게 말하지 못했다.
그저 그 애의 선택을 응원하기로 한다. 나는 항상
그랬다. 그런 나를 이해하지 못하겠다던 사람도 있
었다. 너네 진짜 친구 맞아? 같은 질문을 가장한 비
난을 하는 사람도 있었다. 그런데 그런 말을 하던
사람들은 이제 나와 서나 곁에 없다.

미진 선배가 손을 흔든다. 우리 아파트 놀이터
앞 벤치에 앉아 손을 흔드는 선배는 낯설었다. 월
선배와 왠지 한꺼번에 묶음으로 생각하게 돼서 미
진 선배에게 연락도 잘 하지 않았는데 막상 보니
반가웠다. 나는 그동안 선배에게 연락하지 않았던
미안함을 담아 선배에게 손을 흔들었다. 선배는

갑자기 우리 동네에서 쿠킹 클래스를 하고 돌아가는 길이라며 연락해 왔다. 집에 있으면 잠깐 보자면서.

선배는 에코백을 건넸다. 얼린 생수와 일회용 밀폐용기가 들어 있었다. 선배가 오늘 만든 파스타 생면이라고 했다. 우리는 놀이터 옆 상가의 무인 아이스크림 가게에서 페트병에 든 커피를 하나씩 들고 다시 벤치로 돌아왔다. 선배가 먼저 말을 꺼냈다.

"그만둔 거, 서원 씨 때문이지? 부담스러워서."

선배가 그걸 눈치챘다는 것에 조금 놀랐다. 하긴, 각별한 사이이니까. 그 정도는 눈치채는 게 당연한가? 내가 고개를 끄덕이자 다시 선배가 말했다.

"나 사실 진작부터 알았어. 서원 씨를 오래 봤으니까. 그래도 서원 씨가 선을 넘지는 않을 거니까, 모르는 척 그렇게 도움받는 게 너한테 좋을 거 같았어."

나는 아무 말도 하지 않았다. 뭐라고 말해야 할

지 모르겠다. 원 선배의 그 마음이, 내가 과민해서 그런 게 아니라는 안도감이 들었다. 그리고 그걸 눈치챘으면서도 시침 떼고 있던 미진 선배가 조금 원망스러웠다. 그게 나에게 좋을 것 같았다는 게 무슨 말인지 알았지만. 미진 선배의 사과는 진심인 것 같았다. 그리고 담백했다. 감정의 군더더기 없이. 나도 아무렇지 않은 척해야 할 것 같았다. 덤덤한 척 나는 원 선배의 안부를 물었다.

"원 선배는, 잘 지내죠?"

"글쎄, 잘 모르겠네. 소셜미디어 게시물 같은 거 보면 잘 지내는 거 같더라. 하긴, 뭐. 거긴 좋은 것만 올리니까."

미진 선배도 원 선배와 뭔가 틀어진 걸까? 아니면 우리 둘 다 이제 원 선배의 관심 밖이 된 걸까?

스튜디오를 그만두고 나서 원 선배의 전화를 받지 않았다. 딱 한 번, 휴대전화로 웹툰을 보다가 통화 버튼을 눌러버려 전화를 받은 적이 있었다.

홀쩍거리는 소리가 났다. 바로 끊을까 하다가 홀쩍이는 소리를 무시할 수 없어 여보세요, 라고 했다. 대답이 없었다. 숨을 한 번씩 들이마시는 소리와 억누름에도 불구하고 새어 나오는 소리가 들렸다. 선배? 나는 전화를 끊을 수도, 혼자 떠들 수도 없었다. 그렇게 이따금 선배 하고 부르며, 흐느끼는 소리를 한참 들었다. 미안해. 그리고 전화가 끊어졌다. 그 후로 몇 번 더 전화가 왔지만 내가 받지 않자 원 선배는 더 이상 연락하지 않았다. 잊고 있었던 희미한 죄책감 같은 게 생기려 했다. 나는 화제를 전환한다.

"근데 무슨 쿠킹 클래스에요? 쿠키집 아니고 파스타집 내려고요?"

"그게 아니라. 언니한테 해주려고. 우리 언니가 파스타 진짜 좋아하는데 아직은 여행도 못 가니까."

"왜요?"

"아프거든. 코리안 파스타만 만들다가. 회복도

안 됐고."

전에 선배가 말했던 먹을 거 장사해서 성공했다던 그 언니일까? 그런데 코리안 파스타는 뭐람.

"코리안 파스타?"

"떡볶이."

"오, 떡볶이."

나도 모르게 큰 소리로 말했다. 떡볶이. 꽤 오랫동안 먹지 않았는데 갑자기 간절히 먹고 싶어졌다. 진짜로 떡볶이가 먹고 싶은 건지, 떡볶이를 먹던 그때가 그리운지 모르겠지만.

"내가 언니한테 만드는 거 배워뒀거든. 나중에 한번 해줄게. 우리 언니 가게 꽤 유명했어."

"지금은, 언니 괜찮으세요?"

"응. 반년 전에 수술했어. 수술도 하고 싶다고 하는 게 아니더라. 생각 같아서는 당장 다 떼고 싶은데, 최대한 크기를 줄여야 한다고."

미진 선배가 그동안 언니와 함께 겪었을 일들을 상상했다. 선배가 무척 힘들었겠다. 그리고 그동안 나는 아무것도 도와주지 못해서 안타까웠다.

"선배, 왜 그런 얘기 한 번도 안 했어요?"

"해서 뭐 해."

해서 뭐 해, 라는 말은 해도 달라지지 않는다는 말인가? 내가 선배에게 도움이 되지 않는다는 건가? 그래도 들어줄 수는 있는데. 위로는 해줄 수 있는데. 맛있는 걸 같이 먹고 힘내자고 해줄 수는 있는데.

"언니가 진짜 살고 싶어 하더라. 난 언니가 살줄 알았어. 수의까지 사놓더라고."

"수의요?"

"응. 그거 사놓으면 장수한다고, 그런 말 있잖아. 그런 거에도 매달리고 싶었나 봐."

수의를 사는 건 자식들이 부모님 오래 사시라고 효도 차원에서 해주는 거 아니었나? 아무튼 그런 데에도 매달리고 싶을 만큼 절실했나 보다.

"근데 수의를 드레스로 산 거 있지. 드레스 한 번 못 입고 죽게 생겼다면서."

설마 아니겠지, 싶으면서도 떠오르는 사람이 있다. 성이 똑같이 허씨다.

"선배, 혹시 언니 성함이 미옥이에요?"

*

솔티비아는 정말 먼 곳이다. 세계지도를 볼 때는 그렇게까지 먼 것 같지 않았는데 항공편이 불편했다. 우리는 프랑스 파리에서, 그리고 모로코 카사블랑카에서 환승했다. 서나에게 실제로 점점 더 가까워지고 있는데도 마음은 점점 더 멀어지는 기분이다. 시간대가 여러 번 바뀌고 여섯 끼를 먹고 두 번 샤워할 정도로 먼 곳에 서나가 산다. 이제야 실감이 난다.

비행기에서 내려 입국심사대에 줄을 서면서 살짝 걱정했다. 입국신고서에 직업을 뭐라고 써야하나 고민하다가 주부라고 썼기 때문이다. 어쨌든 입국 심사하는 입장에서 보면 한국에 직장이 없는

건 무직이나 주부나 마찬가지일 텐데. 그나저나 내
가 주부가 맞나? 육아도 하지 않는데 주부라고 할
수 있나? 근데 남편이 있는지 없는지는 어떻게 알
지? 결혼 전에 발급받은 여권에는 '배우자의 성'도
적혀 있지 않고, 다른 결혼했다는 서류도 없는데.
아니, 주부의 정의가 뭐지? 꼭 결혼을 해야 주부가
될 수 있는 건가? 다솜처럼 회사원이라고 쓸 걸 그
랬나? 그랬다가 어느 회사에 다니냐고 하면 어쩌
지? 프리랜서라고 쓸걸 그랬나? 아, 그래, 왜 그 생
각이 지금 났지? 프리랜서라고 할걸. 그러는 사이
내 앞의 다솜이 심사대에서 여권을 다시 받아 나갔
고 내 차례가 됐다.

　여행? 여권을 펼쳐 내 얼굴과 번갈아 보며 입
국심사관이 물었다. 친구 결혼식을 보러 왔다고 하
면 말이 길어지겠지? 네, 여행. 오케이, 좋은 여행
해. 그는 내 여권에 도장을 찍어 돌려줬다. 고민하
던 것에 비해 너무 허무했다.

입국장에는 서나가 나와 있었다. 미용실에서 한 것 같은 올림머리에 진주 목걸이와 귀걸이를 하고 민트색 원피스를 입은 서나는 한국에서보다 더 해쓱해져 있었다. 나는 서나를 꼭 안았다. 서나의 어깨뼈가 도드라지게 느껴졌다. 나는 포옹을 풀며 서나에게 말했다.

"다이어트라도 하는 거야?"

"아니. 그냥 자꾸 빠져."

다솜이 서나의 어깨를 잡으며 말했다.

"누구야? 누가 우리 서나 힘들게 해? 말만 해."

별로 웃기지 않은데 서나는 꽤 오래 웃었다. 웃으며 들썩거리는 서나의 어깨가 정말 얇다. 서나의 어깨에 걸린 미디움 사이즈 명품백이 라지 사이즈처럼 보였다.

서나에게서 메시지가 왔다. 저녁 6시 30분에 호텔 3층에 있는 스파를 예약해 놨다고 했다. 스파하고 오면 방에 식사가 차려져 있을 거라고 했다.

— 너는 언제 와?

— 시간 봐서 갈게. 좀 늦을지도 몰라. 못 갈지도 모르고.

결국 서나는 오지 않았다. 서나 대신 와인과 치즈, 과일 세트가 방으로 배달 왔다. 밤이 되니 바깥은 반짝이는 불빛 때문에 더 화려했다. 얇게 썬 사과와 치즈를 포개 입에 넣으며 서나도 못 보는데 굳이 이틀 전에 왜 왔지, 라는 생각이 들었다.

"서나 바쁠걸. 온갖 데 다 인사 다녀야 될 거야."

다솜이 말했다.

"솔티비아로 귀화했다고 해도 그 남자네 집은 어쨌든 이 나라 사람들한테 굴러온 돌이니까. 밉보이지 않으려면 여기저기 눈치 좀 봐야지. 서나도 새로운 사람이니까 같이 여기저기 얼굴도 비춰야 할 거고."

"너도 여기서 일할 때 그랬어?"

"나는 그럴 정도는 아니고. 내 보스가 그랬지.

치다꺼리하느라 그런 자리 몇 번 쫓아가고."

서나의 삶에 대해 생각해 본다. 단순히 사는 곳이 바뀌는 거라 생각했는데. 그게 아쉽고 슬펐는데. 서나의 사회적 위치 자체가 바뀌고 있었다. 그저 결혼을 하는 것만으로. 두 달 전 한국을 떠날 대 우리가 공항에서 배웅했던 서나는 세상에 존재하지 않는다.

서나는 그다음 날 아침에도 보지 못했다. 대신 나와 다솜은 한인 가이드와 함께 솔티비아 시티 시내에 있는 궁전과 박물관, 시장을 갔다. 다솜은 솔티비아에 살았던 적이 있는데도 나보다 더 신기해하며 구경했다. 마지막으로 솔티비아 전통 공연을 하는 고급 식당에 데려다주고 가이드는 떠났다. 음악이 크게 울리고 전통 의상을 입은 댄서들이 흥겹게 춤을 췄다.

처음에는 너무 소란스러워 식사와 대화에 집중하지 못할 것 같아 짜증이 났다. 하지만 어느새

나는 빨려 들어갈 것같이 그 공연을 보고 있었다.
쿵. 쿵. 쿵. 굵은 막대로 땅을 칠 때마다 혼이 조금
씩 빠져나가는 기분이었다. 점점 아무 생각이 없어
졌다. 서나 얼굴은 결혼식 때나 볼 수 있는 건지, 서
나는 우리를 볼 시간이 없을 정도로 바쁜데 괜찮
은 건지, 내가 왜 여기에 와 있는지와 같은 생각들
도 사라졌다. 몇 년간 머릿속을 떠나지 않던 앞으
로 뭘 해서 먹고살아야 하는지, 왜 나는 지독히도
일자리를 구하기 힘든지에 대한 물음도 지워져 버
렸다. 한국에 두고 온 종윤도, 부모님도 떠오르지
않았다. 나는 춤추는 걸 볼 뿐이다. 쿵. 쿵. 쿵. 머릿
속이 텅 비고 마음이 편안해졌다. 그냥 계속됐으면
좋겠다. 이런 내 상태가 끝나지 않았으면 좋겠다.

공연이 끝나자 조명이 다시 환해졌다. 다솜의
옆에 서나가 앉아 있었다. 그 옆에는 서나의 예비
신랑이 함께였다.
"언제 왔어?"

"좀 전에. 불러도 모르더라."

"지수 이 공연 마음에 들었나 보다."

"그럼 식사 천천히 하고 나서 10시에 한 번 더 봐. 그때 공연 한 번 더 해."

나는 서나에게 고개를 젓는다.

서나의 남자친구, 예비 신랑과 우리는 구면이 었다. 나는 그가 잠시 한국에 왔을 때 봤었고, 다솜 은 솔티비아에서 일할 때 안면이 있었다. 우리는 인사를 하고 술잔을 부딪치고 와인을 마시고 이런 저런 이야기들을 했다. 서나는 잠시 화장실을 다녀 오겠다고 하고 일어섰다. 다솜이 서나가 멀어진 것 을 보더니 서나 남자친구에게 말했다.

"진짜로 서나한테 잘해주셔야 돼요. 남편만 보 고 다 포기하고 온 거니까."

그가 사람 좋은 웃음을 지으며 말했다.

"그럼, 그럼. 당연하지. 걱정 마세요."

나도 한마디 보탠다.

"서나 씩씩해 보여도 여린 구석도 있으니까 잘 보듬어주세요."

그의 눈썹은 올라가며 찡그린 표정이었고 입 꼬리는 웃는 듯 올라갔다.

"서나가 여려요? 흐흐. 아, 죄송해요. 너무 웃겨 서."

"뭐가요?"

"네?"

"뭐가 웃겨요?"

"아니, 서나가 여리다고 하니까. 전 서나 씩씩 해서 좋거든요. 징징대고 상처받았다는 둥 하는 여 자 딱 질색이라."

아. 역시 말렸어야 했나? 저 남자가 내 말에서 잡은 포인트도, 그걸 웃기다고 하는 것도 이상했 다. 서나가 살면서 기대고 싶어 하거나 여린 구석 을 보여주면 안 된다는 건가? 내 표정이 안 좋은 걸 본 다솜이 그에게 말했다.

"누구나 여리고 기대고 싶고 그런 면이 있죠.

그러니까 잘해주세요."

　다솜은 예전에 솔티비아에서 지내던 이야기를 하며 서나의 예비 신랑과 몇 가지 공통점을 찾았다. 둘은 꽤 죽이 잘 맞는 오래된 친구 같았다. 그런데 다솜은 서나 예비 신랑을 싫어하지 않았나? 아니, 싫어한 게 아닌가? 파혼을 했다는 사실을 알려준 거였나? 이제 어차피 서나와 결혼하게 됐으니 잘 지내겠다고 생각한 걸지도 모른다. 이것이 성인의 사회생활인 걸까? 사회생활은 직장을 다닐 때만 생각했는데. 서나의 남편 될 사람을 대하는 것도 사회생활인가? 이렇게 속 좁게 굴어서 내가 아직 직업도 직장도 구하지 못하고 있는 걸까?

　"우리 돌아가는 비행기 표 바꿀까? 다음 주로."
　"아니. 나는 원래대로 내일 서나 결혼식 보고 바로 갈래. 서나도 신혼여행 가고 없을 텐데."
　"아, 남편이 있어서 빨리 가야 하나 봐. 나만 남편 없네."

다솜의 자학적 농담을 받아줄 기력이 없었다. 빨리 숙소에 들어가 씻고 눕고 싶었다.

이상했다. 서나의 결혼식에서 전혀 눈물이 나지 않았다. 나는 친한 친구의 결혼식을 보다가 눈물을 잘 흘렸다. 아니, 별로 친하지 않아도 내가 좋은 사람이라고 생각하는 사람의 결혼식을 보다가 눈물을 쏟았다. 그래서 항상 결혼식을 가기 전에 긴장했다. 울면 안 돼. 울면 민폐라고. 그렇게 다짐하며 결혼식을 보곤 했다.

하지만 서나의 결혼식에서는 이상할 정도로 차분했다. 드디어 결혼하네, 정도의 생각만 났다. 어제 서나의 남편이 이상한 사람이라는 생각까지 했으면서. 사회자가 서나 아버지가 평생을 성실하게 사업체를 일궈서 한국 경제에 이바지하신 분이라고 할 때 조금 움찔했을 뿐 아무렇지도 않았다. 그렇다고 엄청 기쁘지도 않았다. 마음이 잔잔했다. 이 정도로 우리가 아무 사이도 아닌 게 되어버린

걸까? 그런 생각을 하니 서나의 결혼식을 보는 것
보다 조금 더 마음이 울렁이며 감정이 일었다.

　좀 더 머무른다는 다솜을 두고 혼자 비행기에
올랐다. 한국에 돌아갈 생각을 하니 들뜨고 기분이
좋아졌다.

＊

　서나가 보낸 선물이 내 생일에 맞춰서 도착했
다. 상자를 뜯어보니 에어캡이 엄청나게 둘둘 감겨
있는 덩어리가 나왔다. 에어캡을 풀어내니 기다란
갈색 병 두 개와 분홍색 봉투가 나왔다. 병에 붙어
있는 라벨에는 솔티비아 글자가 빼곡히 적혀 있었
다. 도통 무슨 말인지 읽을 수 없는 솔티비아 말 사
이에 한 줄 들어가 있는 'Good for you'라는 영어가
눈에 들어왔다. 나는 분홍 봉투를 열었다. 거기에
는 봉투 색과 같은 편지지 두 장이 세 번 접혀 있었
다. 서나의 손 편지였다.

생일 축하해! 매년 얼굴 보며 생일을 축하하다가 이제 멀리서 생일을 축하할 수밖에 없구나.

나는 잘 지내고 있어. 남편과 시부모님과 함께 사는 것에 생각보다 잘 적응하고 있어. 시부모님이 검소한 분들이라 호화롭고 풍족하게 사는 건 아니지만, 무슨 일이 닥쳤을 때 돈 걱정부터 하지 않아도 된다는 것이 이렇게 안정감을 주는구나, 싶어.

남편과 시부모님이 아침 일찍 출근하고 나면 나는 집에서 혼자 보내는 시간이 많아. 나도 일자리를 찾으려 하지만 생각보다 잘되지 않네. 남편과 시부모님이 반대하는 경우가 많아. 일하는 것 자체를 반대하시는 건 아닌데 집안 격에 맞는 일을 하라고 하셔.

근데 집에 있어도 생각보다 할 일이 많다. 집안일은 도우미분들이 해주시지만 신경 쓰고 결정해야할 일들이 참 많네. 이러다 이것 자체가 내 일이 되어버리는 건 아닐까 두렵기도 해.

혼자 있을 때면 네 생각이 많이 나. 그리고 널 이해할 수 있을 거 같아. 직업이 없던, 그리고 직업을 찾기 위해 애쓰던 너를. 나는 예전에 네가 좀 이해가 안 됐거든. 왜 넌 그렇게 애쓸까? 그러지 않아도 되는데. 그리고 너를 조금 질투했어.

그런데 지금은 무슨 기분인지 알 것 같아. 그래서 너에게 혼자 미안해하고 있어.

병에 든 건 솔티비아에서 나는 약초들로 만든 농축액이야. 여기 사람들은 그걸 만병통치약처럼 써. 머리가 아플 때도, 근육통이 있을 때도, 소화가 안 될 때도, 감기 기운이 있을 때도 그걸 먹거나 발라. 멀리서 너의 몸과 마음이 모두 아프지 않았으면 하는 마음에 보낸다.

생일 축하해. 행복한 하루 되길. 또 연락하자.

— 솔티비아에서 서나가.

서나가 이해할 수 있을 거 같다는 내가, 지금의 나와 같지 않다. 나는 이미 구직을 포기했으니까. 서나가 이해한 건 과거의 나니까. 그리고 나 역시 과거의 서나가 나를 질투했다는 것을 이제야 알게 됐다. 내가 과거에 알았던 서나가 진짜 서나가 아닌 것 같고, 지금의 서나는 그때의 진짜 서나와 또 다른 서나가 됐으니 우린 서로 꽤 멀어져 버렸다. 희미한 슬픔 같은 게 스며 나왔다. 우린 아마도 점점 더 서로에게서 멀어지는 중이겠지.

다솜이 지금 아파트 1층에 와 있다는 문자메시지를 보내왔다. 나는 서나가 보낸 병 두 개 중 하나를 챙겨 내려갔다. 케이크 상자를 건네는 다솜에게 나는 챙겨 온 병을 줬다.

"어? 나도 작은 걸로 한 병 받았어. 마음 안정시키는 데 좋다더라고."

아, 서나가 다솜이에게도 보냈구나. 하긴, 서나와 다솜은 자주 연락할지 모른다. 다솜은 솔티비아에서 옷을 싸게 들여와 온라인으로 파는 일을 시작했다. 우리가 서나의 결혼식에 갔을 때, 서나의 남편이 연결해 준 일이었다. 다솜은 일이 바빠서 예전처럼 자주 연락하지 않는다. 이렇게 다솜과도 조금 멀어진 것 같다.

서나와 다솜에게 서운해하지 않으려고 한다. 그렇지만 우리 사이가 점점 멀어진다는 사실, 그리고 어쩔 수 없이 그렇게 되어가고 있다는 것이 슬프고 아쉽다. 물론 우리는 서로를 응원하지만, 서로가 잘되길 바라지만. 그저 온온하게 사그라드는, 그러다 결국 온기조차 사라질 그런 관계가 되어가는 중이다.

나는 월요일에서 목요일까지 아침 7시에 불답천 다리 밑 공터에 에어로빅을 하러 간다. 무료다 보니 다솜은 바쁘다고 한 번씩 빠졌다. 그러다 한 달 전부터는 아예 나오지 않겠다고 굳이 '선언' 했다. 또 이렇게 나만 남았다. 그토록 많은 걸 시도했는데, 쉬지 않고 뭔가를 해보려 했는데. 부끄럽지는 않지만 조금, 허무하다.

그래도 체력이 아주 조금은 길러진 것 같다. 이제 강사님을 40분 내리 따라 해도 숨이 많이 차지 않는다. 에어로빅 시작 전에 인사하고 간단한 몇 마디를 나누고, 끝나고 잘 가라고 인사할 사람도 넷이나 생겼다.

갑상선 항진증이 덜해져서 약을 일단 끊어봤다. 의사 말로는 갑상선 기능 저하증으로 가는 과정에 일시적으로 정상 수치가 된 걸 수도 있다고 했다. 예전 같았으면 두려웠겠지만 이제는 아니다. 어쨌든 지금은 약 없이도 괜찮다는 거니까. 저하증이 돼서 다른 약을 먹게 될지, 혹은 다시 항진증이 돼서 먹던 약을 먹을지 모르지만. 이런 걱정은, 쓸모없다.

굳이 뒤에 수식하는 직업이 없는, 뒤에 뭐가 붙지 않는 그냥 '최지수'라는 것이 어색했다. 하다못해 수험생, 아르바이트생, 누구누구의 보호자 같은 수식어가 없는 나 자체로는 불안했다. 그래서 계속 뭔가를 시도했나 보다. 그리고 뭐 하나 제대로 잘 된 적이 없다. 더 이상 방법이 없으니까 나는 그저 다른 것 없는 '최지수'에 적응하기로 마음먹었다.

일주일에 한 번, 나는 역 근처에 있는 복권방에 가서 복권을 산다. 아주 작은 설렘 정도는 가지고 살고 싶어서. 추첨일 전날이 되면 종윤은 1등에 당첨되면 이걸 사달라고 했다가, 그다음 주에는 다른 걸 사달라고 한다. 그렇게 종윤에게 당첨되면 사줄 것은 프라모델이다가, 무선 헤드폰이다가, 최신 휴대전화로 바뀐다. 1등 당첨금에 비하면 소박한 것들이다. 나는 그럴 때면 다른 것도 말만 하라며 큰소리를 친다. 그리고 가끔 5000원짜리에 당첨되면 나는 종윤에게 가자, 커피 쏜다! 라고 말한다. 그리고 내 용돈을 보태 커피 두 잔을 사 들고 둘이 불답천을 산책한다. 그렇게 나는 오늘도, 내일도, 그다음 주도 살아나가겠지. 그렇게 살다 보면 어떻게든 되겠지. 뭐든 되겠지.

소 설 가

정 수 정 의

화 요 일

2021. 11.

01 02 03 04 05 06 07 08 **09** 10
11 12 13 14 15 16 17 18 19 20
21 22 23 24 25 26 27 28 29 30

2021년 11월 9일

내 하루는 농도가 낮다. 내 몸에 차 있는
에너지가 적어 고농도로 살 수 없다.
술이나 커피가 고농도로 살도록 도와줄
텐데 그것들을 마시지 못한다. 마셨던
적도 있지만 지금은 그렇지 못하다.
흡연도 하지 않는다. 그래서 나의 하루,
그리고 하루가 모인 삶은 농도가 낮다.

그런 내가 좋아하는 요일은 화요일이다.
월요일은 한 주가 시작된다는 부담이
있다. 그리고 실제로 월요일은 대체로
분주하다. 여러 가지가 밀려왔다가
썰물처럼 빠져나간 화요일은 그 자체로도
여유롭고 아직 한 주가 많이 남았다는
안도감도 느낄 수 있다. 별일이 생기지
않는다면 조용히 하고 싶은 일들을 하며
실용적이지 않은 잡다한 생각을 하기

좋다.

점심 전에 우체국을 다녀왔다. 입구에
있는 체온계에 이마를 들이대서 체온을 잴
때부터 등기우편 영수증을 받고 우체국을
나올 때까지 내 뒤로 아무도 오지 않았다.
그러고 보니 대부분의 장소에서 화요일은
다른 날 보다 덜 붐빈다. 화요일은 일주일
중 농도가 가장 낮은 날 같다.

가급적 집에 머무는 걸 권하는 시기다.
여러 가지로 힘든 시기지만 집에 있는
것 자체는 별로 힘들지 않다. 어차피
나는 전염병이 유행하기 전에도 밖에
잘 나가지 않았고 사람을 자주 만나지
않았다. 밖에 나가고 사람을 만나는 건
무척 즐겁지만 자주 그러다 보면 지친다.

그리고 지난해부터 나는 그 전보다
훨씬 덜 나가고 사람을 거의 안 만났다.
한동안보다 덜 소모된 에너지로 긴 소설을
썼다. 종종 재택근무를 하는 남편이
책상을 썼기에 나는 주방 앞 식탁에서
썼다.

직업란에 '주부'라고 쓰면서도 나는
실제로는 집안일을 열심히 하지
않는다. 어제는 온라인으로 장을
보면서 생물 오징어 대신 손질 냉동
오징어를 주문했다. 물론 생물 쪽이
훨씬 맛있겠지만 씻고 내장을 분리하고
그 이후에 싱크볼을 닦을 생각만 해도
피곤해져서다. 이렇게 성실하지 못한
주부지만, 나는 '주부'라는 말에 숨어
한동안 직업 없이 살았다. 매일을

살아내는 것이 힘에 부쳐 구직활동을 하기
힘들었다.
그동안 왜 다시 직장을 구하지 않느냐는
질문을 종종 받았다. 올해 초 그것에 대한
답을 적어보려 했다. 하지만 쓰려던 걸
머릿속에 정리하다가 단념했다. 남들에게
내 삶을 변명하듯 쓰기 싫었다. 쓰는 과정
역시 즐거울 것 같지 않았다. 그 다음 날,
구직을 하지 않는 이유에 대한 글 대신
나와는 다르게 계속 구직활동을 하는
사람이 주인공인 긴 소설을 써 보기로
결심했다.
그렇게 아홉 달이 지나 '연쇄 구직자'
초고를 완성했다. 며칠 그대로 뒀다가
다시 한 달 정도 고쳤다. 그렇게 고친
소설을 지금 접수 중인 공모에 제출해
보기로 했다. 그래서 오늘 점심 전에

우편으로 원고를 보내기 위해 우체국에
다녀온 거다.

2024. 05.

01 02 03 04 05 06 07 08 09 10
11 12 13 **14** 15 16 17 18 19 20
21 22 23 24 25 26 27 28 29 30
31

2024년 5월 14일

지난주에는 몇 년 만에 긴 여행을
다녀왔다. 여행에서 항상 그랬듯이 뭔가를
체험하거나 인기 있는 곳에 줄을 서거나
한밤중까지 돌아다니지 않았다. 대신 동네
길을 걸으며 사람들이나 그 사람들 손에
들린 물건들, 자판기에서 파는 음료수,
버스나 지하철 역 디자인이나 표지판
글씨체 같은 걸 구경했다.

어제까지 짐을 정리하고 빨래를 했다.
오늘은 여행 가기 전 미처 하지 못했던
냉장고 정리를 시작했다. 다행히 남은
채소들이 썩거나 무르지 않고 시들거나
말라 있다. 버리기 나쁘지 않은 상태다.
오늘은 냉장실, 내일은 냉동실을 정리할
거다. 모레는 김치통들을 정리해야겠다.
하루에 다 해치우면 좋겠지만, 그리고

실제로 몇 번 집안일을 한꺼번에 해치워
버리기도 했지만 그러다 보면 다음 날
컨디션이 무척 안 좋아진다.
쓰는 일에서도 그렇다. '연쇄 구직자'의
초고를 쓰던 무렵, 쓰는 것이 무척 신나고
재미있어 거의 하루 종일 앉아서 쓴
날이 많다. 이제는 식탁에 한 번 앉으면
보통은 네 시간 안쪽으로 앉아 쓰거나
고친다. 그 짧은 시간을 잘 활용하려고
집안일을 하거나 이동 중에 틈틈이
생각하고 메모한 것을 토대로 한다. 물론
생각하거나 메모한 것들을 다 풀어서
적지 못하는 날도, 쓰다 보면 생각이 더
떠오를 때도 있다. 그러나 대부분의 날은
더 욕심부리지 않는다. 다음 날도 그 다음
날도 쓰고 싶기 때문이다.

냉장고 정리를 끝내고 조금 쉬다가
식탁으로 노트북과 마우스를 가져왔다.
특별히 바쁜 것이 없는 화요일이라 그동안
쓰고 고치고 저장해 둔 파일을 쭉 보다가
여행 전에 응모했던 '연쇄 구직자' 파일을
열어서 읽었다. 여행을 다녀온 오늘
기준으로도 공모 마감까지는 2주 이상
남았지만 나는 진작에, 여행을 가기 전에
응모해 버렸다. 나는 대개 공모 마감보다
여유 있게 제출한다. 시간이 얼마 남지
않았다는 생각에 초조해지는 게 싫어서다.
초조함 뒤로는 피로감이 따라온다.
2021년에 이 소설을 쓴 이후로 몇 번
공모에 응모했다. 많은 곳에 응모하지는
못했다. 써둔 소설을 제출하는 데에도
에너지가 드니까.

다 읽고 나서 이 소설은 이제 그만해도
되겠다는 생각이 들었다. 포기가 아니라
만족에서 든 생각이다. 물론 여행 전
응모한 공모 결과에 별 기대는 없다.
여태까지도 계속 떨어졌으니까.
그렇더라도 괜찮다. 누군가가 알아주지
않더라도 내 마음에 드니까. 그거면 됐다.

2025. 09.

01 02 03 04 05 06 07 08 09 10
11 12 13 14 15 16 17 18 19 20
21 22 **23** 24 25 26 27 28 29 30

2025년 9월 23일

화요일이지만 마음이 분주하다. 할 일이
있기 때문이다. '연쇄 구직자'의 두 번째
교정지를 검토 중이다. 프린터 옆에 둔
노트북과 마우스, 독서대, 그리고 파일로
받아서 출력한 교정지를 식탁에 가져온다.
책상이 비어 있어도 여전히 식탁에서 쓰고
고친다.
이 소설을 쓴, 그리고 지금도 여전히
사용하고 있는 이 노트북은 2019년에
생겼다. 2009년에 산 노트북이 잘
작동하지 않으면서부터 한동안 내 개인
컴퓨터가 없었다. 집의 데스크톱이나
도서관의 공용 컴퓨터, 그리고
휴대전화로 뭔가를 끄적이며 쓰고
고치는 걸 본 남편이 어느 날 노트북을
사줬다. 마우스는 노트북을 살 때 받은
거다. 몇 번 떨어뜨렸더니 뭔가 안에서

부러졌는지 움직일 때마다 딸깍거리는
소리가 난다. 작동에는 이상이 없어서
계속 쓴다. 지난해 말에 목과 어깨가
아파서 독서대를 샀다. 생필품을 자주
사는 온라인쇼핑몰에서 검색해 제일 위에
나오는 걸로 샀다.
뭘 살 때 궁리하고 찾아보는 건 굉장히
번거롭고 생각할 것이 많아 에너지를
많이 쓰게 된다. 쓰기 위한 도구를
검색하기보다 쓰는 일 자체에 내 적은
에너지를 더 사용하고 싶다. 쓰거나
고치는 걸 끝내면 노트북, 마우스와
독서대를 방 한쪽에 치워둔다.

지난해 5월, 여행 가기 전 응모했던
'연쇄 구직자'가 대산창작기금 수혜작이
되었다. 용기를 얻은 나는 그 후 투고를

2025. 09. 23.

했고 출간 계약을 했다. 대산문화재단과
대산창작기금 심사위원이셨던 김인숙,
김종광, 조해진 선생님께 무척 감사한다.
아직 데뷔작도 없는 나의 소설을 책으로
펴내기로 결정한 다산북스와 조용우
편집자님께 고마운 마음이 크다. 추천사를
써 주기로 하신(오늘 편집자님께 연락을 받았다)
김의경 작가님께도 고마운 마음 가득이다.
나의 피붙이들, 아버지와 어머니,
동생에게 기쁨을 줄 수 있게 되었다. 내가
스트레스 받을까 봐 책이 언제 나오는지
대놓고 묻지 못하던 오랜 친구들에게도
곧 책 소식을 말해줄 수 있겠다. 자신의
최선을 다해 나를 응원하는 남편에게
이렇게나마 보답할 수 있게 되었다.
그리고 시간을 내 이 소설을 읽고, 이
글까지 읽어주실 독자가 계신다면 진심을

담아 고맙다는 인사를 드리고 싶다.

어릴 적, 아니 직장생활을 하던 때까지
나는 고농도로 살려고 했다. 나 자신이
열심히 살고 싶어서 그런 것도 있지만
그러지 않으면 무능하고 게으른, 그걸
개선할 의지도 없는 인간 취급을 받을까
두려운 것이 더 컸다. 항상 가진 것보다 더
힘을 짜냈다. 그러다가 한 번씩 크고 작게
아팠고, 나는 스스로를 더 몰아세웠다.
그리고 지금의 나는 그때를 후회한다.
지금의 나는 내게 주어진 힘을 아껴서
계획적으로 살려고, 그래서 매일을 잘
살려고 노력한다. 물론 예기치 못한
일들이 생기면 나는 가진 것보다 많은
에너지를 쓴다. 한동안 아픈 걸 피할
수 없다. 아마 이번 교정지를 편집자께

보내고 한동안 누워 있을 것 같다. 그리고
나는 계획을 다시 세울 거다. 또다시 내
힘에 맞게 잘 살아내기 위해서. 그런
점에서 나는 의지가 강하고 성실하다.
구직활동을 하면서, 그리고 직장에
들어가서도 자신을 잃지 않기 위해
노력하던 지수처럼, 모두 자신을 잃지
않았으면 좋겠다. 각자 자신의 농도에
맞는 삶을 살며 스스로를 지키며 살았으면
좋겠다.

소 설 가 의

책 상

나는 이 식탁에서 밥도 먹고 식재료도 다듬고
책도 읽고 글도 쓴다. 한 가지 일을 끝내면 깨끗이
치운다. 그래야 다음 일을 할 수 있으니까.
쓰는 일을 끝내면 노트북과 독서대, 마우스를
방 한쪽에 갖다 둔다.

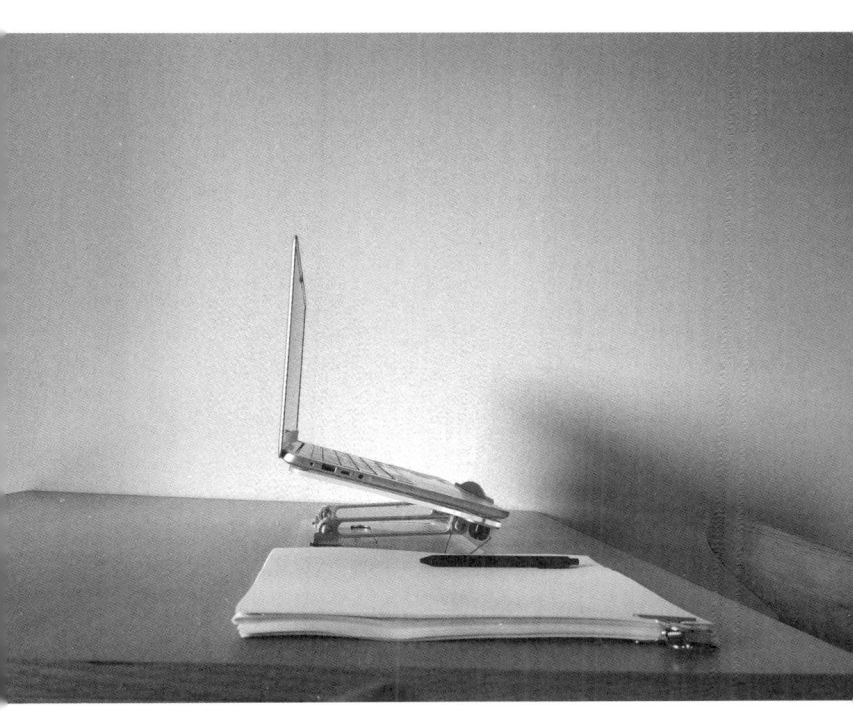